目次

一　解体と復興　005

二　再建と利権　069

彷徨《さまよ》う者たち

wanderers

彷徨《さまよ》う者たち

中山七里

wanderers

Nakayama Shichiri

NHK出版

三　公務と私情　125

四　獲得と喪失　179

五　援護と庇護　233

エピローグ　287

装幀　坂野公一+吉田友美（welle design）
カバー写真　Adobe Stock

一　解体と復興

1

二〇一八年八月十五日、宮城県本吉《もとよし》郡南三陸町《みなみさんりくちょう》歌津《うたつ》吉野沢《よしのさわ》。

渡辺憲一《わたなべけんいち》は作業の手をいったん止め、高台から伊里前《いさとまえ》湾を眺めた。海はここから一キロ以上離れており、波の具合までは確かめられない。だが一キロ以上離れた場所から水平線を望めるのは、その間に視界を隔てるものが存在しないからだ。

以前は視線の延長線上に中高層の建造物があったのだろうが、今やその面影もない。東日本大震災による倒壊、および津波による流出で南三陸町の建造物はほぼ壊滅し、その後の撤去作業で多くが更地となった。

「広《ひ》っれーなあ」

つい言葉が洩《も》れる。渡辺は山間部で生まれ育ったため、周囲に何もない場所に立たされると漠然とした不安を覚えてしまう。

本来、復興事業が計画通りに進行すれば新築の建造物がそこかしこに建ち並んでいるはずだが、現状は瓦礫《がれき》の撤去が済んでも槌音《つちおと》は聞こえてこない。宮城には復興の名目で全国から多くのカネとモノとヒトが集まったが、いつしか二年後に開催予定の東京オリンピックに奪われてしまったのだ。お蔭《かげ》で復興計画は遅々として進まない。

渡辺が現在担当している仮設住宅の解体作業も似たようなものだ。着手した当初は四十人いた作業員も、今では三分の一以下しか残っていない。それでも愚直に続けていれば物事は前に進む。被災者の災害公営住宅への移転が進むにつれて、不要となった仮設住宅は次々に解体されていく。作業員の数も減ったが、ここの仮設住宅に住まう者もずいぶん減った。確か、もう三世帯しか残っていないはずだ。

被災民でもなく解体作業を請け負っている身で言えた義理ではないが、住民を根こそぎ移転させる一方で更地ばかりが増えていく状況が果たして復興と呼べるのかどうか。

「おっと」

渡辺は止めていた手を再び動かし始める。プレハブ住宅なので解体工事は小規模且《か》つ簡便に済む。まず電気やガスなどのライフラインを撤去した後、屋根↓壁↓床↓基礎の撤去と進む。つまり組み立てる手順を逆から行うイメージだ。

ライフラインが撤去されているかどうかを確認するためには住宅内に足を踏み入れなければならない。渡辺は解体対象となっている左端の住宅に近づき、ふと足を止めた。

掃き出し窓から覗《のぞ》くと、部屋の中に男が倒れている。部屋着ではなく背広姿だ。

妙だと思った。解体対象の住宅だから住人は家財道具とともに退去しているはずだ。それがどうして人が残っているのか。

渡辺は窓を軽く叩いた。

「もしもし。もしもし」

声を掛けてみたが男はぴくりとも動かない。

参ったな。

酔っ払いかそれともホームレスか。夜露をしのぐために無人の住宅に侵入したのかもしれない。とにかく退去してもらわなければ。渡辺は玄関に回ってドアノブに手を掛けた。ところが施錠されていて開かない。

解体担当者は立ち入りのために鍵を渡されている。該当する番号の鍵で中に入る。

男は目を閉じて口をだらしなく半開きにしている。やはり眠っているらしい。

「すいません。今からこの家、解体するんで」

男の身体《からだ》を揺り動かした時、頭がごろりと横を向いて床が見えた。

血溜まりができていた。

「ひっ」

後頭部が石榴《ざくろ》のように割れていた。

*

死体発見の報《しら》せを受けて南三陸署の警官が現場に到着。少し遅れてやってきた機動捜査隊と庶務担当管理官が事件性を認め、県警本部の捜査一課に連絡が入った。

「これって過疎みたいなものですよね」

臨場した蓮田将悟《はすだしょうご》は率直な感想を口にした。同行していた笘篠誠一郎《とましのせいいちろう》は何やら咎《とが》めるような目で蓮田を見る。

「以前はこの区画だけで八十四世帯。ところが今やたったの三世帯。ほとんど限界集落みたいなものです」

「時期がきたらもっとちゃんとした住宅に移転するための仮住まい。だから仮設という名前がついているんだ」

笘篠のもっともな返しに納得せざるを得ない。では時期が到来しても、ちゃんとした住宅に移転できない者たちはどこに行けばいいというのだろうか。

震災後、南三陸町内と登米《とめ》市に五十八団地、計二千百九十五戸のプレハブ仮設が整備され、ピーク時には千九百四十一世帯五千八百四十一人が入居していた。それから七年、復興庁の肝煎りで新規集合住宅の建設が進み、吉野沢の住民は次々と伊里前《いさとまえ》・名足《なたり》・枡沢《ますざわ》といった災害公営住宅へ移転し始めた。だが公営住宅といっても家賃はタダではない。自治体や住宅の規模や立地によって入居費用にも差異が生じており、全ての被災民が入居条件を満たしている訳でもない。

蓮田には以上のような予備知識があったので、今回死体で発見されたのは移転できていない仮設住民という思い込みがあったが、それはすぐに覆されることになった。

現場となった住宅の周辺では所轄の捜査員と鑑識係が動き回っている。掃き出し窓の中には唐《から》沢《さわ》検視官の姿も見える。

「死んでいたのはこの家の住人じゃなさそうだな」

笘篠は独り言のように呟《つぶや》く。

「家財道具はすっかり運び出されている。鍵は転居時に預けてある。もぬけの殻になった家に元の住人がどんな用事がある」

検視が終わったらしく、笘篠と蓮田は住宅の中に呼び入れられた。中に入ってみると、確かに家財道具一式も生活用品も見当たらず、退去が完了していたことを窺《うかが》わせる。

「住人が移転してからずいぶん経《た》っていたみたいだな。見ろ。床にうっすらと埃《ほこり》が積もっている」

足を踏み入れるや否や、笘篠はそこら中を観察している。この注意深さと集中力がまだ自分には足りていないと反省する。まだ鑑識作業の最中にあり、二人は歩行帯の上を歩いてリビングに向かう。

「やあ、ご苦労さん」

唐沢は軽く手を挙げて二人を迎える。フローリングの上の死体はうつ伏せになり、おそらくは致命傷となった後頭部の傷口を晒《さら》している。

「後頭部を鈍器で一撃されています。よほど重量のあるもので殴打されたようです。ひと通り体表面を調べましたが他に外傷はない。この一撃が致命傷となったものと思えます」

笘篠は合掌した後、死体の傍らに屈《かが》み込んで傷口を凝視する。蓮田もそれに倣って死体の横顔を覗く。三十前後と思《おぼ》しき小男で既に死斑が現れている。

「死亡推定時刻は昨夜八時から十時にかけて。例によって司法解剖すればもっと範囲を狭められると思う。ただ今回の場合、悩ましいのは別の要因でしょうね」

他人には唐沢の言い方が思わせぶりに聞こえるだろうが、自分たち捜査員には言わずもがなだった。

死体の第一発見者は仮設住宅の解体を請け負っていた作業員、渡辺憲一だ。彼の証言によれば玄関ドアは内側から施錠されていたらしい。また報せを受けて駆けつけた南三陸署の警官からは、裏口も同様に鍵が掛かっていたと報告されている。

家の中に入った時、蓮田も周囲を見回して確認したが、この住宅の開口部は表と裏のドア、そして掃き出し窓しかない。蓮田は念のために近づいて仔細《しさい》に見たが、窓は二か所でロックされており、ガラスが破られた痕跡も見当たらない。

つまり犯人の逃走経路が存在しないのだ。

「笘篠さん」

笘篠なら何か考えがあるだろうと反応を待ったが、本人は気難しげに眉を顰《ひそ》めている。

「被害者の身元、割れました」

鑑識係の一人がナイロン袋を携えて駆け寄ってきた。中には運転免許証と身分証が入っている。

『南三陸町役場　建設課土木係　掛川勇児《かけがわゆうじ》』

身分証の顔写真と死体のそれが一致しているので、掛川本人とみて間違いないだろう。年齢は二十九歳、住所は南三陸町。

「他の所持品は」

「札入れにカード類と現金三万五千四百円」

「携帯端末は」

「持っていませんでしたね」

「南三陸町役場に照会」

笘篠の指示を受けた蓮田はいったん住宅の外に出て役場に電話を掛ける。身分を名乗って建設課を呼び出してもらうと女性の声が出た。

『鶴見《つるみ》と申します』

「宮城県警刑事部の蓮田です。そちらに掛川勇児という人は在籍されていますか」

『掛川はウチの職員ですが』

「掛川さんと思しき男性が死体で発見されました」

電話の向こう側で鶴見が絶句するのが分かった。

「もしもし」

『……時間になっても登庁してこないので、どうしたのかと思っていたんですけど』

「本人かどうかを確認したいのです。ご足労願えますか。それと掛川さんのご身内の連絡先を教えてください」

『少し待ってください』

名簿でも取りに行ったのだろうか、しばらく間が空いてから鶴見が戻ってきた。彼女から緊急連絡先を聞き取り、早速遺族に連絡を入れる。遺族は仕事を中断して向かうと答えてきた。

住宅の中に戻ると、笘篠が鑑識係と顔を見合わせていた。

「どうかしましたか、笘篠さん」

「やはりドアと窓以外に出入りできる開口部はない」

蓮田は神妙に頷《うなず》く。

「他の開口部と言えば天井に設《しつら》えられた採光窓だが床から三メートルも離れていて、脚立でも使わない限り届かない。そもそも窓は嵌《は》め殺しになっているから開閉自体が不可能だ」

採光窓は八十センチメートル四方の小ぶりなもので、本来の目的には充分合致していないように見える。これも仮設住宅の安普請といったところか。

笘篠は不愉快そうに顔を顰《しか》める。何を言わんとしているかは蓮田も承知している。

「分かりますよ。笘篠さん、理屈に合わない話は嫌いですものね」

「理屈に合わない話は、どこかに見落としがあるものだ」

「同意します。だからその見落としが何であるかを見つけるか、さもなければ合理的な説明を見つけなきゃいけません」

蓮田は嫌われるのを承知で言葉に出した。

「これはもしかすると密室殺人、不可能犯罪かもしれません」

笘篠は不承不承といった体《てい》で頷いてみせた。

推理小説やドラマではよく扱われる設定の一つであり蓮田自身もその類の小説を読んだことがあるが、実際の事案で現場が密室状態になることはまず有り得ない。第一、人を殺したのなら可能な限り犯行の痕跡を消してしまうか、いっそ死体そのものを消してしまう方が手っ取り早い。自殺に偽装するのでもない限り、密室状態を作るのは無駄な手間ではないのか。無論、公判を維持するには容疑者に犯行が可能であることを証明する必要があるが、逮捕した時点で自白調書を作成し物的証拠を集めれば充分対抗できる。いずれにしても労多く実り少ないアイデアとしか思えない。

「こうして実在しているなら不可能ということはないだろう」

笘篠は渋面のまま言い放つ。

「人間がこしらえた小細工なら同じ人間が暴けるはずだ」

どうやら大真面目に不可能犯罪に挑むつもりらしい。どこか融通の利かない笘篠らしいと、蓮田は心中で感心する。

「両角《もろずみ》さんがいたら教えてくれ」

両角は笘篠が全幅の信頼を置いている鑑識係だ。もっとも当の両角は個人的に質問してくる笘篠を煩《うるさ》そうにあしらうことが少なくない。

現場を回っているとすぐに両角は見つかった。不本意そうな両角を宥《なだ》めて笘篠に会わせる。

「笘篠さん。あんたは相変わらずせっかちだな。報告書を待てないのか」

「読むより直接訊《き》いた方が理解が早いクチでしてね」

「報告書は最終的な判断だ。誤謬《ごびゅう》や勇み足がない」

「両角さんに限って誤謬や勇み足はないでしょう」

両角は笘篠を睨《にら》んでから、視線をこちらに寄越《よこ》した。

「あんたは、こんな先輩を見習うんじゃないぞ。現状、毛髪、体液、下足痕《げそこん》は被害者のものを含めて多数採取されている。現場は以前の住人が退去する際に引っ越し業者が出入りしているから分析に時間が掛かる」

「血痕はどうですか」

「被害者のものと思われるものは検出された。それ以外にはまだない」

「内部から全て施錠された住宅で起きた殺人、両角さんに何か意見はありますか」

「俺たちは採取して分析するのが仕事であって、謎解きをすることじゃない」

そう言ってから両角は家の中を見回す。

「ただし鑑識の立場で言わせてもらうなら、このプレハブ住宅は子ども一人這《は》い出る隙もない。臨場してから内部を隈《くま》なく捜索したが、開口部は表と裏のドアのみ。採光窓は嵌め殺し。浴室に換気口があるが、これは十二センチ四方しかない」

「床下から脱出するのは無理ですか」

「畳敷きの日本家屋ならともかく、こういう木質パネル系のプレハブじゃあどうしようもない。フローリングを剝がす訳にもいかんだろうしな」

プレハブは工場で生産したユニットを現場で組み立てる工法だ。フローリングも一体型がほとんどであり、容易に剝がせる造りにはなっていない。

「二つのドアは別々の鍵になっている。今しがたピッキングの痕跡が残っていないか確認したが、道具を使用した形跡はない。だから犯人が被害者を殺害してから外に出て施錠をした可能性は捨てた方がいい。もっとも合鍵でもあれば話は別だが」

住人が退去した後で鍵がどんな扱いを受けるのかを確認しておこうと、蓮田は頭の抽斗《ひきだし》に入れておく。

鑑識作業が続く中、南三陸町役場から関係者が到着したとの報せが入った。

「会おう」

笘篠が動いたので蓮田もそれに倣う。

関係者というのは、予想した通り電話の主だった。

「建設課の鶴見です」

彼女の差し出した名刺には〈建設課課長補佐　鶴見圭以子《けいこ》〉とあった。四十代後半だろうか、まだ髪は黒々としており、穏やかな物腰が印象的だった。

「課長は所用で手が離せないので、わたしが代理で伺いました」

部下の死亡より大切な所用というのは、いったい何なのかと蓮田は微《かす》かに憤る。どうせ面倒臭い確認や手続きを補佐の鶴見に丸投げしたに決まっている。

急に鶴見が気の毒になり、彼女の対応は自分が買って出た。

「早速で申し訳ありませんが、被害者の確認をお願いします」

蓮田が先導して鶴見をリビングに連れていく。事前に伝えていたにもかかわらず、掛川の遺体と対面した鶴見は驚愕《きょうがく》の顔をみせた。

「ウチの掛川勇児さんに間違いありません」

「捜査にご協力ください」

「わたしができることでしたら何でも」

少なくとも彼女の上司よりは協力的らしいので、ほっとした。鶴見を伴って外に出る。自分に一任してくれたらしく笘篠は蓮田の背後から見ている。

「掛川さんはあなたの直属の部下だったんですか」

「正確には、彼は土木係だったので間に係長がいます。ただし建設課自体が小所帯なので、掛川さんの仕事ぶりはいつも近くで見ていました。同じシマですしね」

シマというのは同じ机の並びという意味らしい。

「掛川さんはどんな方でしたか」

「ひと言で言うなら、とにかく真面目でしたね。建設課は復興事業と密接に関連しているので最も仕事量が多い部署の一つですが、掛川さんは文句一つこぼさず黙々と仕事をこなしていました。所謂《いわゆる》、不言実行タイプでした」

「職場でトラブルとかはなかったですか」

「ありませんね。トラブルを起こすような性格でもなければ、トラブルが起きる前に回避してしまうようなところもありました」

「土木係というのはどういうお仕事なんですか」

「町内の土木関係に関して届け出と認可手続きをひと通り。それ以外に仮設住宅の管理も行っています。他の自治体と大きく異なる点はそこでしょうね」

「要するに管理人代わりですか」

「災害公営住宅の建設が進むにつれて移転が促進されています。本来、仮設住宅からの退去と公営住宅への入居はワンセットになっているんですが、実情は住人全員の希望を叶《かな》えるのが困難で、相談係のような役割も担っていますね」

「掛川さんが、そうした相談や折衝も担当していたということですか」

「そうですね」

鶴見の返事は歯切れが悪い。何か隠していることは蓮田にも見当がつく。

「職場でトラブルがなくても、住人との間でトラブルがあったんじゃないですか」

「色々な理由で災害公営住宅に転居できない人、または転居を嫌がっている住人がいます。課としては説得に努めますが、中には解決が難しい事案もあります。そうした事例は単に行政サービス範囲内の行き違いであって、トラブルとは呼べない類のものです」

弁解がましい説明だと思ったが、役人の立場ではトラブルをトラブルと表現するのが憚《はばか》られるのだろう。同じ公務員でも四六時中トラブルと向き合っている警察官とは大違いだ。

鶴見の口を滑らかにする方法はないものか思案していると、背後から笘篠が割って入った。

「ちょっとした行き違いでも他人を殺したいほど恨む人間はいますよ」

鶴見の表情が一変する。

「行政側が良かれと思ってしていることが、本人には耐え難いほどの仕打ちになる。掛川さんは真面目な性格だったということですが、真面目であればあるほど行政側の決まり事を遵守《じゅんしゅ》するきらいがあるから、尚更《なおさら》住人には冷酷に感じられる。そういう行き違いが殺人事件に発展したことだってある。掛川さんの死がそうじゃないと言い切れますか」

鶴見は顔を強張《こわば》らせたまま笘篠を見る。やはり相手の追い詰め方では笘篠に一日の長がある。

「トラブルを公にしたくない気持ちは分かりますが、犯人逮捕が遅れたら亡くなった掛川さんが成仏できませんよ」

「報告書に残るような話じゃないんです」

鶴見は尚も言い募る。

「現場で処理できる案件は現場で処理します。小さな行き違いなら口頭で報告が上がることもありません」

「つまり掛川さんが現場で処理する程度のトラブルは存在していた訳ですね」

笘篠の言葉が鋭さを増し、鶴見は一層険しい顔になる。

束《つか》の間、重い沈黙が流れると笘篠が後ろから背中を突《つつ》いてきた。

後はお前が続けろ、という合図だった。笘篠が追い詰め、蓮田が証言を引き出す。古典的な手法だが、鶴見のようなタイプには効果的だろう。

「鶴見さん」

蓮田は一段声を潜めて続ける。

「我々は掛川さんと接触した人物を片っ端から捕まえて事情聴取するつもりです。そうなれば役場の対応に不満を持つ者の声を拾わざるを得なくなります。おそらく、それは一方的な意見であり、ひょっとしたらただの言いがかりかもしれない。しかし鶴見さんが秘匿したことを住人の側から暴露されたら、彼らの言い分が正しいように印象づけられてしまう。後になって鶴見さんたちが反論しても後出しジャンケンの感が強くなります。それでもいいんですか」

「わたしを脅しているんですか」

「警告しているんです。トラブルには相手がつきものです。相手が存在する限りトラブルの事実は隠しようがありませんからね」

「これは行政云々《うんぬん》の話ではなくコミュニティの問題なんです」

追い詰められた体の鶴見は少し自棄《やけ》気味だった。

「仮設住宅は大抵元の地区単位で入居しています。震災以前のコミュニティがそのまま生きているんです。でも公営住宅への転居は収入や家族構成といった条件で振り分けされるため、従前のコミュニティが維持できません。それを何より嫌がる人もいるんです」

「ご近所との関係が切れるというだけで転居を拒否するんですか。公営住宅の方が新築で設備が整っていて、仮設住宅よりうんと住みやすいでしょうに」

「新しさや設備だけが住みやすさじゃない。そう考える人もいるんですよ」

理屈は分かるが実感が湧いてこない。蓮田自身は実家を離れて家庭を築いているが、近所付き合いは妻に任せきりで隣宅の住人とは挨拶を交わす程度だ。地域のコミュニティが生活基盤の底上げより重要だとはとても思えない。

「掛川さんから小さな行き違いについて逐一報告は受けていません」

鶴見の弁解は尚も続く。

「しかし捜査に協力することに吝《やぶさ》かではありません。文書・口頭に限らずわたしが知り得た情報は全て提供しましょう。ただしここでうろ覚えを証言する訳にはいかないので、考えを纏《まと》める時間をいただけませんか」

体のいい逃げ口上だと思ったが、拒む理由も見つからない。笘篠の顔を窺うと微かに頷いたので鶴見を解放することにした。

「後日、改めて役場にお伺いします」

こうして釘を刺しておけば蓮田たちを無下《むげ》に扱うこともないだろう。後は鶴見の部署に有益な情報が残っているかどうかだった。

鶴見が立ち去るのと入れ違いに今度は掛川の家族が到着したというので、笘篠とともに対応する。

「掛川美弥子《みやこ》と言います。お兄ちゃんが殺されたと聞いて」

「まだ殺人と断定された訳ではありません」

蓮田がやんわりと訂正すると、美弥子は首を横に振った。

「とにかく会わせてください」

切羽詰まった様子に押され気味になりながら、掛川の死体に対面させる。

「お兄ちゃんっ」

実兄の亡骸《なきがら》に取り縋《すが》ろうとする美弥子をすんでのところで止める。

「まだ司法解剖が済んでいないので、手を触れないでください」

になる。

「お兄ちゃんっ、お兄ちゃんっ」

女だと舐《な》めていたが存外に美弥子の力は強く、腕力自慢の蓮田でも気を抜けば振り切られそうになる。

羽交い締めにされてしばらく美弥子は藻掻《もが》いていたが、やがて力尽きたらしく脱力して頽《くずお》れた。

「お兄ちゃん」

顔を覆いもせず泣き出した。こうなれば気が済むまで放っておく方がいい。美弥子は嗚咽《おえつ》を噛み殺しながら五分ほどしゃくり上げ、ようやく顔を上げた。

「……見苦しいところをお見せしてすみませんでした」

鶴見に掛川の家族を確認した時、彼の肉親は妹だけだと知らされていた。

「ご家族はあなた一人だけと聞きました」

「両親は震災で亡くなりました。わたしと兄は出かけていたんですけど、両親は在宅していて津波に流されたんです」

被災地ではよくある話だ。あの日、家にいた者の多くが帰らぬ人となった。家族を一人も失わなかった蓮田など、こうした被災家庭の話を聞くと肩身が狭くなるほどだ。

「それからずっと兄は親代わりになってわたしを大学までやってくれました。就職が決まって、やっと兄も自分の好きに生きられると思っていたのに」

「最近、お兄さんに何か変わったことはありませんでしたか」

「ありません。昨日もいつもの時間に朝食を摂って、一緒に家を出ました」

「昨夜は帰宅しなかったんですよね」

「今まで役場の仕事で午前様になることもあったので、あまり深刻には考えませんでした。こんなことになるなら、昨夜のうちに捜索願を出しておけばよかった」

掛川の死亡推定時刻は昨夜八時から十時にかけてだ。仮に美弥子が捜索願を提出したとしても掛川を救うのは不可能だっただろう。

「兄の死体は、この仮設住宅の中にあったんですか」

「ええ」

「じゃあ何かの事故や自殺じゃないですよね」

「事故はともかく、どうして自殺じゃないと言い切れるんですか」

「兄がわたしを残して自殺するはずないからです」

決然とした言い方に、この兄妹《きょうだい》の絆《きずな》の強さが窺える。

「では、お兄さんを憎んだり恨んだりする人物に心当たりはありませんか」

「ありません」

美弥子は、こちらを睨みながら言う。

「妹のわたしから見てもつまらなく思えるくらいに真面目で、自己主張は控え目で、目立つことは嫌がる人間でした。そんな人間に敵なんて作れるはずがありません」

鶴見と美弥子による人物評はかなりの部分で重なる。公私の姿がほぼ一致するなら、それが掛川の人となりと考えてよさそうだった。

自己主張が控え目で目立つことを厭《いと》う人間に敵は存在するのか。

美弥子の疑問はもっともに思えるが、犯罪捜査の現場に立っている蓮田としてはこう言わざるを得ない。

聖人君子を憎む人間も存在する。

真面目であることが免罪符にならないケースなど、いくらでもあるのだ。

2

美弥子が立ち去るのを見送った後、笘篠は別の住宅の方に歩き出した。

「笘篠さん」

「まだ転居していない仮説住民が三世帯ある。たった三世帯なら俺たちが地取りしても構わんだろう」

「地取りは所轄に任せたんじゃないですか」

「三軒合わせても、ものの十分かそこらで終わったらしい。もう少し粘りたいと思わないか」

捜査に所轄との協力体制は必要不可欠だが、笘篠は犯人逮捕を焦るあまり時折独断専行に走る傾向がある。捜査一課長の石動《いするぎ》は事あるごとに警告し、笘篠もその度に神妙に頭を下げてみせるが、本当に反省しているかどうかは怪しいところだ。

「所轄の仕事が信用できませんか」

「信用しない訳じゃない。自分が納得したいだけだ」

「やっぱり信用してないじゃないですか」

「残った三世帯というのは平日の日中でも在宅している人たちだ。もし暇を持て余しているようなら、俺たちが世間話に付き合うのも満更《まんざら》悪い話じゃないさ」

良くも悪くも逸脱気味だが、目的が事件解決の一点に絞られているためか不思議に反発しようとは思わない。石動の渋面が脳裏に浮かんだが、事件解決が一日でも早くなればそれに越したことはないではないか。

仮設住宅の九割以上が既に無人となっており、周囲を大小の建機が囲んでいる。ショベルカーが屋根を剝がし、ブルドーザーが軽量鉄骨を引き倒していく。死体発見直後から半径二十メートルの作業は中断してもらうように要請したが、舞い散る砂塵《さじん》と唸《うな》る機械音はここが犯罪の現場であるのを忘れさせる。住宅が撤去され剝《む》き出しになった基礎部分をローラーが平坦にしていくさまを見ていると、ふと諸行無常という言葉が思い浮かんだ。

「プレハブ住宅というのはずいぶん呆気《あっけ》ないものですね」

「組み立てやすいものは分解しやすいからな。仮設住宅だから永続的に居住するようにも造られていない」

あくまでも仮の住まい。しかしこの仮住まいの次がどこまで保障されているのかと思う。

最初の訪問先は現場となった空き家の五軒分隣だ。ひと目で急ごしらえと分かる表札には『渕《ふち》上《がみ》』とある。急ごしらえなのは、この仮設住宅に長らく住むつもりがなかったからだと考えると、住人の顔を見る前から少し腰が引けた。

居住していたのは渕上匡《たすく》と文子《ふみこ》の夫婦だった。ともに前期高齢者ということだが実年齢よりも老けて見える。

「左端の家といったら籾谷《もみや》さんが住んでた家だな」

「先月、引っ越したのよねぇ」

「息子夫婦と三人暮らしだったが、今でも仲良く暮らしているのかな」

「籾谷さん家《ち》なら大丈夫だって」

「亜希《あき》さんはもう五か月目だったな」

「あそこは健樹《けんき》君を亡くしているから。二人目は健樹くんの生まれ変わりみたいなものよね」

「元気に生まれてくれりゃいいがなあ」

蓮田と笘篠を前に、二人は元の住人の話に余念がない。蓮田はじれったくなって話の腰を折る。

「その空き家から死体が発見されました」

「悪いが、もっと近くで喋《しゃべ》ってくれねえか」

「今朝、その籾谷さんが住んでいた家で死体が発見されました」

「ああ、さっき来たお巡《まわ》りさんから聞いたよ。役場の掛川さんだったんだってな。びっくりしたよ」

「掛川さんはこの家にも足繁《あししげ》く通っていたんですか」

「うん。仮設に住んで七年、公営住宅の建設も急ピッチに進んでいるから、できるだけ早く転居を決めてほしいってな。最初の頃は月に一度、最近じゃ週に一度は説得に来ていたな。なかなか色よい返事はしてやれなかったけど、仕事熱心な職員さんだった」

「親身じゃなかったけど職務には忠実だったわねえ。でも、まさか死んじゃうなんて」

「馬鹿。さっきのお巡りさんの話を聞いてなかったのか。ただ死んだんじゃない。殺されたんだ」

「ホントにねえ。誰にでも好かれそうなお兄ちゃんだったのに、いったいどこの誰がやったんだか」

　このまま二人の会話を聞き続けても仕方がないので蓮田は無理に割って入る。

「こちらのお宅は掛川さんの訪問を最も多く受けたことになりますね」

「最後まで粘っているから、まあ自然とそうなるわな」

「渕上さんが仮設住宅に留まる理由は何なんですか」

「公営住宅に行ってもよ、住みやすいとは到底思えねえからだよ。国や自治体のやり方も今イチ納得できねえし」

　納得できないことは不満に直結する。不満が昂《こう》じればトラブルに発展する。殺人の動機になる可能性もあるので聞き逃せないと判断した。

「何がどう不満なんですか」

「震災直後に国がやってた復興構想会議ってのを知ってるかい」

「すみません。それほど詳しくは」

「色々提言を出してたが、大きなのは被災地住民の高台移転さ。それを受けて、南三陸を含めて多くの自治体が移転を前提にしたまちづくりを考えようと提案した。俺たちが前に住んでいた場所を災害危険区域に指定して、もうそこには住むなって言うんだ。しかしよ、移転先が全然決まってないのに移転することだけ決まっているのは順序が逆じゃねえのか」

渕上の言い分ももっともだと思える。本来、防災集団移転の前提は先に移転先を決めてから元の居住地を危険区域に指定することだ。ところが東日本大震災はかつてない激甚災害であったためにその前提が崩れてしまった。

「元々住んでいた土地から離された挙句、仮設住宅での生活が長引いた。俺はよ、地元で居酒屋を営んでたんだ。常連のほとんどはご近所だったから、集団で仮設住宅に入れられた時も知った連中ばかりで不安はあったが心細くはなかった」

隣で文子が相槌《あいづち》を打つ。

「それはホントにそう。元の家は流されちゃったけど、ご近所がそのままだったから助けられたり助けたりで、みんな上手《うま》くやっていたのよ。かかりつけのお医者さんもすぐ仮設住宅に駆けつけてくれたし」

「そういうのが、公営住宅への移転が始まってから、すっかり影を潜めた。一世帯ごとに別々の集合住宅にばらけるから、近所付き合いもできやしねえ。前みたいに顔を合わせることも一緒に飯を食うこともできねえ」

「それが公営住宅への転居を拒んでいる理由ですか」

「あんたみたいに若い人にゃ分からんだろうが、この歳になってくると近所付き合いができないっ

ての は途轍《とてつ》もなく不安なんだよ」

つまり理屈ではなく感情で転居を拒否していることになる。掛川が足繁く通わざるを得なかったのも道理だった。

「掛川さんの熱心さが鬱陶《うっとう》しくなる時はありませんでしたか」

渕上は女房と顔を見合わせてから答えた。

「鬱陶しいといや鬱陶しいけど、一生懸命さが伝わるから門前払いはしなかった。まさか俺たちが殺したか疑ってるのか」

「そういう訳ではありません。掛川さんが仮設住宅の人たちからどう思われていたかを知りたいだけです」

「仕事熱心な役場の職員。それに尽きる」

渕上夫妻の不満は国や自治体の無計画さに向けられているようだが、積もり積もった不満が担当窓口である掛川に移った可能性は否定できない。

疑念を隠しながら蓮田はお定まりの質問をぶつけてみる。

「昨夜の八時から十時にかけて籾谷さんの家から、人の争う声とか不審な物音は聞こえませんでしたか」

「その時間なら嬶《かかあ》と一緒にテレビを観ていて、特段外の音には気づかなかったな」

「二人とも耳が遠くなっちゃってねえ。ボリューム上げないと、まともにテレビの音が聞こえないのよ」

耳が遠いというのは本当だろう。ここまで質問を重ねてきて、蓮田の声は早くも嗄《か》れ始めていた。

二軒目は右端の仮設住宅に住む柳沼母娘《やぎぬまおやこ》だった。

「主人はディーラーの営業職だったんですけど、お客のところにクルマを届ける途中で津波に襲われて……きっとお客の物だから乗り捨てておけなかったんでしょうね」

柳沼聖美《きよみ》はひどく懐かしそうに話す。七年の月日は悲劇すら懐旧談にしてしまうのかと複雑な気持ちになる。

質問を蓮田に一任した笘篠は何気なく居間の周囲に目を走らせている。母子家庭の暮らし向きを観察しているのだろうが、仮設住宅に住み続けている時点で経済状態は推して知るべしだと蓮田は思った。

「娘さんは」

「季里《きり》はまだ学校です」

聖美は笘篠を気にする素振《そぶ》りを見せながら話を続ける。話を続けることで不安を紛らせようとしているようにも見える。

「小学校に上がる前に震災で父親を亡くして、当時はうなされて夜も眠れなかったんです。中学生になってからはさすがにそういうことは少なくなりましたけど」

「今朝、左端の空き家で役場の職員が死体で発見されました」

「聞いています。掛川さんは週一で自宅訪問してくれていましたから。季里も結構懐いていたので聞いたらショックを受けるでしょうね」

「掛川さんが足繁く通ったのは、やはり災害公営住宅への移転を勧めるためですか」

「それが掛川さんの仕事ですものね。でも何度も来られて、正直心苦しかったです」

「柳沼さんも移転には消極的なんですね」

「消極的も何も。ウチは先立つものがないんですよ。母子家庭でしょ。刑事さん、公営住宅の家賃がどれぐらいか知ってますか」

「収入や家族構成で基準額が大きく違うのは知っていますけど」

「市町村で差はあるけど月で平均一万二千円から二万三千円まで」

倍近い差額に驚いた。

「去年くらいから全体的にじわじわ上がっているんです。よく知らないけど、きっと復興予算が目減りしているんでしょうね。因《ちな》みにここから一番近い公営住宅は一万八千円。母子家庭にはなかなか辛《つら》い金額なんですよ」

遠くの安い公営住宅ならどうですか、と言いかけてやめた。中学生の娘がいれば遠隔地への転居がままならないのは蓮田でも分かる。

「現状でも充分苦しい家賃なんですけれどね、住宅が完成してから十年経過すると家賃減免の特例措置が外れて、もっと家賃が上がるんです。季里はどうしても高校まで行かせてあげたいし、学費を考えるとても公営住宅へ転居するのは難しいです」

「被災者には公的補助があるでしょう。それを使えば」

「被災者生活再建支援制度というのがあるんですけど、元々賃貸に住んでいたので加算支援金を足しても百万円程度にしかなりませんでした。母娘の二人所帯で切り詰めた生活しても、百万円なんてすぐになくなっちゃうんですよ。夫は生命保険にも入ってなかったし」

微笑《ほほえ》みながら言われると返す言葉もなかった。

改めて家の中を見回す。見るからに安物の家具と調度品。棚の上の小物はどれも可愛らしいが百円均一の店で売っているような印象が否めない。生活に無用なものはあまり見当たらないが、無駄のない生活は無駄を許されない生活であることも意味している。

「そんなにきょろきょろしなくても、きっちりビンボーですよ、ウチは」

「経済的な理由で公営住宅への転居が叶わないのなら、掛川さんから別の提案はなかったんですか」

「真面目なのは分かるんですけどね。転居するのが前提の相談なので、親身になってくれたかと言えばちょっと違います。わたし今はパート勤めなんですけど、もっと給料の高いところに移れないかとか、季里の進路について考え直さないかとか、色々と無理っぽい提案をされました。要はわたしたち母娘の生活よりも、早く仮設住宅を撤去したいという考えが見え見えだったんです」

「話し合いの中でトラブルは生じましたか」

「意見が違うので押し問答になることはありましたけど、トラブルと呼べるほどじゃありません。掛川さんが仕事熱心なのは知っていますから」

どこか皮肉めいた言い方に聞こえたので、蓮田は直球を投げることにした。

「彼を憎いと思ったことはありませんか」

「おい」

背後から笘篠が声を掛けてきた。どうやら自分の勇み足だったらしい。

「別に憎くはありませんでした。言ったじゃないですか。娘も懐いていたって。意見や目的は違っても、真摯《しんし》な態度なら恨み辛みは生まれないものなんですよ」

「そんなもの、なんでしょうか」

「刑事さんは震災の被害に遭われたんですか」

「いえ……」

被災経験の有無を問われる度に居たたまれなくなる。歪《ゆが》んだ反応であるのは承知しているが、これぱかりはどうにも払拭《ふっしょく》しがたい。

「家を失ったのがわたしたちだけなら、掛川さんの提案にも違った対応をしていたかもしれません。でも、あんなに大きな災害だったんです。両親を亡くしたお子さんもいます。家族どころか一家全員が流された家もあります。そんな大災害で国やお役所ができることなんて、たかが知れています。だからいち職員に過ぎない掛川さんが、役場の方針に従うしかないのも理解できるんです。納得はしませんけどね」

聖美は相変わらず微笑んでいるが、どこまでが本音なのか蓮田には判断できなかった。助け舟を求めて振り向いてみたが、笘篠は唇を真一文字に締めて黙ったままだ。

「昨夜の八時から十時にかけて、どこにいらっしゃいましたか」

「その時間なら娘と家にいました。特に用事もないし外食する場所もないし」

「ご家族以外に、それを証明できる人はいますか」

「無理ですよ。ご近所の大部分が公営住宅に引っ越してしまっているんだから。大声で話したって聞いている人なんていません」

「では、その時間に籾谷さんの家から人の争う声とか不審な物音は聞こえませんでしたか」

「反対側で十軒分以上離れているんですよ。何かあっても、ほとんど聞こえなかったと思います」

柳沼宅を辞去すると、途端に疲労感が肩に伸し掛かった。

「どうした」

「何か毒気《どくけ》にあてられた気分です」

「毒気じゃない。負い目だ。お前は被災者に不必要な負い目を感じている」

「違いますよ」

「違わない」

「違わなけりゃ、どうしろって言うんですか」

「俺が指示するようなことじゃない。自分で考えろ」

笘篠は先に歩くよう蓮田を促す。最後の一軒は柳沼宅の裏手にある皆本《みなもと》宅だった。先に訊き込みに回った所轄から事前に情報は得ている。皆本伊三郎《いさぶろう》、七十八歳。やはり津波被害で家族を亡くし、現在は一人で暮らしている。

「さっきも南三陸署のお巡りさんがやってきて同じことを訊いてきた」

皆本老人は朝から呑んでいたらしく赤ら顔だった。見ればテーブルの上にはパック酒の容器が二箱転がっている。

「役場の掛川さんが死んだそうだな。自殺かい」

「どうしてそう考えるのですか」

「人に殺されるほど恨まれていたとは思えないし、空き家の中で突然死するとも思えん。残るのは自殺だろ」

「自殺する理由に心当たりがありますか」

「役場からは早期の退去をせっつかれているのに、俺ん家と渕上さん、それと柳沼さん家は未だに仮設住宅に居座って動こうとしない。上役と板挟みになって自殺したんじゃないのかい」

目がとろんとしているので挑発されているように見えなくもない。

「皆本さんは掛川さんからせっつかれましたか」

「ああ、散々せっつかれた。しかし無職の老いぼれじゃあ公営住宅にも行けやしない」

「生活保護を申請してみたらどうですか」

「へん。この歳になって国に情けをかけてもらいたいとは思わねえよ」

皆本老人の酒臭い息で、蓮田は危うく噎《む》せそうになる。

「元々は俺一人で家族を養ってた。震災の前は漁網を編んでいた」

「漁網というと底引き網とか刺網の網ですか」

「大手メーカーの既製品もあるが、自営業の強みで俺のはオーダーメイドでよ。地元の漁師たちにも重宝されてたんだ。大した儲《もう》けにゃならなかったが、一家三人食わせる分は稼げた」

「オーダーメイドの漁網を編む腕があるなら無職じゃないでしょう。また仕事を再開すればいいじゃないですか」

「工場が流されたんだよ。この上、海から離れた公営住宅に移ってみろ。腕があっても仕事がこねえよ」

移転と無職の因果関係がさっきと逆になっている。酔いが回って支離滅裂になっているか、さもなければ本人が初めから生活の立て直しを拒んでいるかのどちらかとしか思えない。

むくむくと疑念が湧き起こる。これでは掛川と口論になったとしても何ら不思議ではない。

「掛川さんに散々せっつかれたと言いましたね」

「ああ。あいつ、しつっこいんだ」

「憎たらしいと思ったことはありますか」

「しょっちゅうだよ。公務員に自営業の辛さは分からん。小僧には老いぼれの気持ちが分からん」

皆本老人は酔っているようだから証言の信憑性《しんぴょうせい》が疑われる。だが訊かない訳にはいかなかった。

蓮田は唾を飲み込んでから今一度問い掛ける。

「皆本さん。昨夜の八時から十時にかけてあなたは何を」

そこまで口にした時だった。

「皆本のおじいちゃん。来ましたよー。〈友《ゆう》&愛《あい》〉の大原《おおはら》ですぅ」

開錠されていたドアから慌ただしく女性が入ってきた。しかし皆本と男二人の姿を見て、すぐに口元を押さえた。

「すみません。お取込み中だったみたいですね」

次の瞬間、彼女は蓮田に視線を移して目を見開いた。

「え。まさか将ちゃん」

驚いたのは蓮田も同様だった。

突然の闖入《ちんにゅう》者、大原。

彼女こそ蓮田の幼馴染《おさななじ》み、大原知歌《ちか》に違いなかった。

3

「どうして知歌がここにいるんだよ」

「将ちゃん何でここに」

「俺は事件の捜査で」

「わたしは皆本さんの担当で」

二人でほぼ同時に喋るものだから騒々しいことこの上ない。傍《はた》からは嚙み合っていない会話のように聞こえるだろうが、本人同士はちゃんと意思の疎通ができている。

不意に甦《よみがえ》った懐かしい感触に戸惑っていると、笘篠が間に割って入った。

「知り合いか」

「高校の同級生ですよ」

「宮城県警の笘篠です」


笘篠から警察手帳を提示されると、知歌は慌てて名刺を差し出した。蓮田が横から覗き見ると〈友&愛　ケアマネージャー大原知歌〉と印刷されている。

ケアマネージャーがどんな仕事なのか大方の予想はつく。皆本老人の反応を見ても担当であるのは本当らしい。

「事件の捜査って言ったよね」

「仮設住宅の端の空き家で死体が発見された」

「あー、それでパトカーが停《と》まってたんだ。近隣に住んでいる人に訊いて回ってるんだね」

そこに皆本老人が口を差し挟む。

「昨夜の八時から十時にかけて俺は何していたかと訊かれた」

「え。その時間ならわたしと一緒にいたじゃない」

「本当かよ」

「深夜帯だから通常業務とは違うんだけどさ。急に具合が悪くなったって皆本のおじいちゃんから電話もらったから駆けつけてきた。元々、肝臓が弱かったんだよね」

肝臓が弱いのに朝から安酒を呑んでいるのか。

「薬を服《の》んだら落ち着いたんだけど、大事をとって様子を看《み》て夜の十時まで一緒にいた」

「それが午後八時から十時までの間か」

「うん」

「しかし薬を服ませるとか様子を看るとか、そういうのは医者や看護師のする仕事だろう」

「だってわたし、看護師資格持ってるもの」

たちまち新たな疑問が三つほど思い浮かんだが、こちらを睨む笘篠の視線に気づいた。

「親族以外の証言が取れたならアリバイ成立だな」

「そうですね」

「切り上げる」

言うが早いか、笘篠はさっさと玄関に戻っていく。

「すみません、笘篠さん。五分だけいいですか」

「クルマで待っている」

笘篠の背中を目で追いながら、知歌とともに外へ出た。

「久しぶりねえ、将ちゃん。何年会ってなかったっけ」

「十四年だよ」

「そっかあ。高校卒業以来だものねえ」

知歌は懐かしそうに目を細める。笑うと目が糸のようになるのは相変わらずだ。

「警察官になったのは聞いて知っていたけど、さっきの笘篠さんと同じ県警本部なの」

「ああ、捜査一課」

○4○

「捜査一課って凶悪犯罪担当なんでしょ。じゃあ空き家で発見された死体って殺人なの」

「まだそう決まった訳じゃない。この仮設住宅は詳しいのか」

「ここに住んでいた人の何人かはウチが担当だったから」

「住んでいた、か」

「多い時で十人くらいいたかな。今はほとんどが公営住宅に移転したから、残りは皆本のおじいちゃんだけ」

「一番端に住んでいた人のことは知っているか」

「籾谷さんでしょ。会員さんじゃないけど知ってるよ。先月、越していったんだっけ」

「籾谷家だけじゃなく、この仮設住宅で役場の職員とトラブったとかの話は聞いていないか」

「いったい誰が死んでいたの」

一瞬判断に迷ったものの、現場付近には報道関係者らしき姿があった。昼過ぎには遺体の身元がネットニュースで流れるだろう。

「南三陸町役場建設課の職員だ」

「あ、掛川さん」

「知ってるのか」

「皆本のおじいちゃん家にもよく訪ねてきてたからね。わたしも何度か鉢合わせしたことがある。

そうか、掛川さん死んじゃったのか」

知歌は探るような視線をこちらに向けてきた。

「で、事件なの。事故なの」

「まだ決まってないと言ったじゃないか」

「パトカーが空き家を囲むようにしていたから、死体が発見されたのは建物の中だよね。家具も何もかも撤去された後の空き家で起こる事故なんて想像がつかない。残る可能性は自殺か他殺かのどっちかでしょ。第一、事故だったら近隣の住民にアリバイとか確認するはずないし」

蓮田は心中で舌を巻く。笑い方だけではなく、頭の回転が速いのも変わっていない。

「まだ司法解剖もしていないんだ。全ての状況が出揃うまでは事件と事故の両面から調べる」

知歌は半信半疑の体で頷いてみせる。

「疑わしそうな目で見るなよ」

「そうじゃなくて。あの将ちゃんが立派に刑事さんをしてるって感慨に耽《ふけ》ってるの」

「そんなに意外かよ」

「ううん、天職だと思って。将ちゃん、昔っから腕っぷしだけは自慢だったじゃない」

「刑事は頭脳労働だぞ」

「将ちゃんには似合わないなあ」

掛川が殺害された状況は一種の不可能犯罪であり、腕力や足だけで解決できるものではない。事情が許せばそう抗弁したいところだ。

「高校卒業してから一切音沙汰なかったでしょ。将ちゃんが警察官になったっていうのも風の噂で聞いただけだったしね」

二人の間に気まずい沈黙が落ちる。

蓮田は高校卒業とともに生まれ故郷の南三陸町から仙台市《せんだいし》へと引っ越した。父親の転勤に伴う転居で、当時は複雑な想いを抱いていたが、今生の別れでもないのでさほどの寂寥《せきりょう》感はなかった。その気になりさえすれば、いつでも帰ってこられる故郷だと思っていた。

だが蓮田の考えは東日本大震災によって粉砕された。かつて自分が闊歩《かっぽ》していた道路、子ども時代を謳歌《おうか》していた海沿いの景色は数時間で姿を消した。土地や建築物ばかりではない。高校卒業後も地元で暮らしていた友人の多くが波に消えた。ニュース映像や新聞記事で馴染みの場所の惨状を知らされ、犠牲者名簿に載った名前を確かめる度に頭を垂れた。

いつでも帰れる場所ではなかった。

いつでも会える人たちではなかった。

故郷は土地と人の記憶の集積だ。その二つが消失した場所を、果たして故郷と呼べるのか。

「仙台で採用試験に合格してからは現場現場の繰り返しで忙しかったからな」

「独身なの」

「三年前に結婚した。子どももいるよ。そっちは」

「南三陸には女を見る目のある男がいないのよ」

「〈友&愛〉っていうのはボランティア活動なのか」

「ボランティアというかNPO法人。わたしは正規スタッフで震災被災者のケア全般を受け持っている」

「少し意外だな。確か看護師を目指していたんじゃないのか」

「だからちゃんと資格は取得してるよ」

「そうじゃなくて」

「病院には勤めたのよ。でも震災で病院自体が壊滅的な状態になっちゃって」

「志津川《しづがわ》病院だったのか」

「それで今のNPO法人で働いている」

「職場環境はいいのか。夜の十時まで拘束されるなんてブラックもいいところだぞ」

「病院勤務よりはずっとマシ。手のかかる患者さんもいないし、給料だってこっちの方がいいし」

喋りながら知歌は鼻をひくつかせる。彼女が嘘を吐《つ》く時の癖だ。してみれば、病院勤務より現状の方が苛酷な労働環境なのかもしれない。

「ご両親、お気の毒だったな」

「うん。まあ……ありがと」

返礼の言葉に胸がちくりとする。

犠牲者名簿を閲覧していた際、蓮田は知歌の両親の名前を見つけた。本人の名前がないことに安堵《あんど》する一方、両親を失った知歌の心情を思うと気が重くなった。知歌への同情もあるが、それ以上に後ろめたい気持ちが強い。

幸いに蓮田の身内には被災者がいない。仙台の住まいは賃貸マンションだったので壁に罅《ひび》が入っても引っ越せばよかった。家財道具は滅茶苦茶になったが、高価なものは置いていなかったから大した損害はない。だが同じ仙台市内でも沿岸部にあたる宮城野《みやぎの》区や若林《わかばやし》区の住民はもっと被害が甚大だった。
　仙台市の被害状況は以下の通りだ。
建物被害
全壊：２万９９１２棟
大規模半壊：２万６８２８棟
半壊：８万１７７１４棟
一部損壊：１１万５８０３棟
死者：８９１名
行方不明者：30名
負傷者２２７１名
数字を眺めるだけで胃の辺りが重くなるが、辛さとともに不条理な憤りに囚われる。この数字は仙台市民に等しく降りかかったものではない。倒壊した建物がある一方で罅一つ入らなかった建物もある。死者や重軽傷者がいる一方で無傷な人間も大勢いた。
　あの時、どこにいたかで生死が分かれた。運命も分かれた。肩書も職業も、収入も年齢も、そして善人かどうかも関係ない。悪事を働いたから助からなかったのではなく、善行を施したから生き延びた訳でもない。全ては偶然の巡り合わせと神の悪戯《いたずら》だった。
　だからこそ被災しなかった蓮田には被災した者への負い目がある。無意味な負い目であるのも、一方的な思い込みであるのも重々承知している。だが、こうして被害に遭った者を目の前にすると、相手が幼馴染みであっても罪悪感が伸し掛かる。

知歌が黙ってしまったので気まずさが倍増した。焦る蓮田は別の話題を探す。

「貢《みつぐ》と沙羅《さら》はどうしている。あいつらも地元にいるんだろ」

すると知歌は軽くこちらを睨んできた。

「本っ当にみんなの消息知らないんだね。貢くん、沙羅の家に婿入りしたんだよ」

思わず噎せた。

「マジかよ」

「マジもマジ、大マジ。冗談にしても全然面白くないっしょ」

「お前、結婚式には」

「行く訳ないでしょ。呼ぶ方も呼ばれる方も気まずいに決まってるじゃない」

「でも」

言葉を継ごうとした時、スマートフォンが着信を告げた。相手は笘篠だった。

「はい」

『とっくに五分過ぎた』

時計を確認すると既に十五分が経過していた。

あたふたと知歌とSNSのアカウントを教え合い、笘篠の許《もと》に向かう。背後で知歌が見送っているのが分かる。

「遅れてすみません」

「昔話に花が咲いたか」

「そんないいもんじゃありません」

「蓮田はここの出身だろう」

「生まれ故郷だからって居心地がいいとは限りませんよ」

笘篠は答えなかった。

「いったん本部に戻る。すぐに捜査会議だそうだ」

「まだ鑑識報告も解剖報告も出ていないのにですか」

「目ぼしい証拠物件が出るのを待っていてもしょうがない。そもそも現場があんな状況だから、密室のからくりを解かないことには話が進まない」

運転席に乗り込んだ蓮田はアクセルを踏み込む。

「ずいぶん密室に拘《こだわ》りますね」

「別にホームズや金田一耕助《きんだいちこうすけ》の真似をしたい訳じゃない。理屈に合わないことが嫌いなだけだ」

笘篠らしい返事だと思ったが、話が続くことはなかった。

蓮田の意識は十数年前に飛んでいたからだ。


蓮田が生まれ育ったのは志津川地区だった。同じ町内に同級生がいた。大原知歌、祝井《いわい》貢、森《もり》見《み》沙羅の三人だ。四家庭とも親の不在が多いせいもあり、学校が終わっても夕暮れまで一緒に遊ぶ仲だった。下手をすれば家族よりも顔を合わせている時間が長く、四人は兄妹同然と言ってもよかった。登下校も遊ぶのも一緒。付け加えるなら幼稚園から中学まではクラスまで同じだった。

「腐れ縁よねー、ウチら」

中学三年に上がった際、廊下に張り出されたクラス分けの一覧表を見た知歌は溜息交じりに洩らした。

「幼稚園時代から数えると、これで十二回連続。ウチらのこと、町内で何て言われているか知ってる?」

「腹違い四兄妹」

やはり横で一覧表を見上げていた将悟がぼそりと呟く。

「一人分の腹には収まらなかったから、四人の腹に分かれて生まれたとか何とか」

「無理がある話だよなあ」

四人の中では一番成績のいい貢が苦笑しながら言う。

「いくら何でも四人とも性格が違い過ぎる。似ているところは一つもない。これで兄妹だなんて有り得ないよ」

「そうかな」

後ろに立っていた沙羅が異議を申し立てる。

「あたしは将ちゃんと貢くんは似たところがあると思うけど」

どこがだよ、と将悟と貢が同時に突っ込む。

「二人とも素直じゃないところ。将ちゃんは言いたくないことはずっと黙ってるし、貢くんはすぐに嘘を吐く」

「僕は今までに嘘なんて吐いたことないよ」

「はい。それがもう完全に嘘。でもさあ、貢くんの嘘ってあたしや知歌には丸分かりなんだよ」

「何で分かるんだよ」

貢は意外そうに訊く。

「知歌が嘘を吐いている時は鼻で分かるよ。でも僕にはそんな癖ないぞ」

「そう思っているのは本人だけ。ねえ、将ちゃん」

「うん。そうだな」

「ちょっ。将ちゃん、お前まで」

「貢はよ、嘘を言う時……」

「何だよ。どんな癖があるんだよ」

「教えてやらない。教えると、お前はすぐに修正してくるから」

「お前な」

「いいじゃんか。俺たち三人以外にはバレてないんだから」

沙羅が冷やかす通り、貢はよく嘘を吐いた。ただし実害があるような嘘ではなく、趣味や好き嫌いといった、自分の内面に関わる質問にはまるで正直に答えなかったのだ。他の三人とも理由を知っているので、そのことで貢に意見をしたり矯正させたりはしなかった。誰にも迷惑がかからなければ、それでいいではないか。

ただし嘘を吐こうとするから日頃とは違って不自然な仕草になる。付き合いの浅い連中にならともかく、兄妹同然に育った将悟たちに見抜けないはずがなかった。

中学三年の頃、知歌が同級生の女子グループ三人に苛《いじ》められたことがある。理由は男子に評判がいいとか、そんなくだらないものだった。だが理由がくだらなくともイジメは深刻だった。靴を隠す、学用品をトイレに投げ捨てておく。そうした定番の行為が執拗《しつよう》に続けられた。

いち早く知歌への迫害を察知したのは貢だった。割と鈍感な将悟や沙羅が気づかないうちに知歌の後を尾行し、加害者の女子三人を特定したのだ。

女子三人を標的に定めた貢の動きは迅速でかつ子ども離れしていた。デジタルカメラで彼女たちのイジメ行為を逐一撮影し、被害者が知歌であると特定できないように編集した上でネットに拡散させたのだ。

撮影場所からどこの生徒かは即座に判別がついた。学校側は驚愕し、三人の親たちは慌てふためき、緊急保護者会議と教員会議が開かれ、怒号と哀願と政治的配慮と保護者の保身が絡み合い、結局女子三人は転校の憂き目に遭った。

ネット拡散の容疑で生徒の何人かが教師から聴取を受けた。知歌と親しかった三人は特に念入りに問い質《ただ》された。事件に関わっていない将悟と沙羅でさえ詰問に震えていたのだが、張本人である貢は教師の目を正面から睨み据えてこう言った。

『僕がそんなことをするはず、ないじゃないですか。目を見て判断してください』

教師はその勢いに気圧《けお》されて、逆に詫《わ》びを入れたほどだった。

『とにかく澄んだ目をしていて一点の曇りもなかった』

後から教師は大層感心していたが、将悟たちは腹を抱えて大笑いしたものだ。そして、どうして貢が将悟や沙羅に何の相談もせず独断専行に走ったのかも二人は知っていた。

海岸沿いの町だったので、通学路はいつも潮の香りに満ちていた。洗濯物がべたつく、自動車がすぐに錆《さ》びつくなど大人はよく不満を洩らしたが、将悟はこの香りが嫌いではなかった。

「来年の今頃は、みんなどうなってるんだろうね」

先頭を歩いていた知歌が誰に言うともなく口にした。

「さすがに高校は別々になるかもしれないよね」

沙羅は努めて平静を装っているようだったが、微かに漂う寂しさは隠しようがない。腐れ縁で繋《つな》がっていた中学までと違い、高校は成績と進路で振り分けられる。四人の希望する将来は全く異なるので、志望校が分かれても不自然な話ではなかった。

「決めつけるなよ」

大した根拠もないのに将悟は反論した。

「志望する高校で将来が決まる訳じゃない。もし選択肢が狭められるってんなら、多少の無理をしても上の高校を目指せばいいじゃないか」

纏わりつく視線に気が付くと、三人が目を丸くしてこちらを見ていた。

「何だよ、みんなして浜に打ち上げられたクジラを見るような目をして」

「将ちゃんの口からその台詞《せりふ》が出るとは思わなかった」

貢が感に堪えたように言う。

「その台詞に奮起しない法はないよね、沙羅」

「えっ、えっ」

急に話を振られて沙羅は俄《にわか》に慌て出す。

「そりゃあ、あたしだっていい高校にいければオッケーなんだけど」

進学の話はそれきりになったが、自分の発言に一番驚いたのは将悟自身だろう。口に出したからには力を尽くさなければ笑いものだ。今から受験勉強に特化してどこまでやれるかは未知数だが、何もしないよりはいいだろう。

密かに決意する一方、将悟は高校卒業後の未来を漠然と思い浮かべていた。

四人ともそれぞれの能力と希望の間で折り合いをつけ、やがて別々の道を歩み始める。地元の企業なり公的機関に勤め、毎日ではなくともたまの休日には集まり、今までと変わらず馬鹿話に興じることになるのだろうと思った。

だが、そうはならなかった。

4

一回目の捜査会議は事件発生と初動捜査の成果を報告する場に留まった。

司法解剖についてはまだ報告が届いていないため、唐沢検視官の見立てで話が進められる。

「後頭部頭蓋の陥没による脳挫傷。他に目立った外傷もなく、簡易検査では毒物摂取の痕跡もなかったことから、現状はこれが致命傷と考えていいだろう」

東雲《しののめ》管理官は会議の当初から物憂げな表情を見せている。現時点で判明している事実は事前に知らされているはずなので、死因より厄介《やっかい》な問題に悩んでいるに違いない。

「鑑識」

東雲の求めに応じて両角が立ち上がる。

「現場から採取できたものは数人分の不明毛髪と下足痕でした。前の住人が退去する際に引っ越し業者数人が出入りしているので、彼らのものが混在している可能性が高く、現在は作業従事者を抽出して協力を仰いでいる最中です」

「しばらくの間、人の出入りが絶えていた場所だ。被害者や犯人の遺留品も分別しやすいだろう」

「断定はできません」

東雲に促されても慎重居士の両角は明言を避ける。

「次、地取り」

笘篠が立ち上がったものの、訊き込みの対象が三軒しかないので報告はすぐに終わってしまう。

これには東雲も拍子抜けした様子だった。

「それで終《しま》いなのか」

「当該仮設住宅は公営住宅への移転が進んでおり、三軒しか残っていませんからね。しかも三軒とも死体発見現場から離れており、物音を聞いた者は一人もいません」

「住人以外に近辺を通った者はいないのか」

「仮設住宅自体、住宅街から外れた高台に建っています。宅配業者の担当者からも聴取しましたが、死亡推定時刻の午後八時から十時にかけて付近を配達した記録は見当たりません」

「陸の孤島か」

東雲が雛壇《ひなだん》で独り言を呟くのは珍しいが、現場を見ている蓮田は思わず頷いてしまう。

仮設とはいえ、最先端の建築技術の粋を集めた建物だ。居住性も耐久性も一級品に相違ない。ところが、その一級品の建っている場所は市街から隔離された地域だ。陸の孤島という表現はあながち的外れでもない。

「鑑取りはどうだ」

これは掛川の上司や家族から話を聞いた蓮田の役割だ。

「被害者の勤める南三陸町役場建設課の上司、並びに同居している妹から聴取しましたが、被害者掛川の仕事ぶりは真面目で恨みを買うような人物とは言い難く両親は震災で死亡、現在は妹と二人暮らしであり、財産狙いや家族間の怨恨の線は薄いものと思われます」

「勤務先での金銭トラブルはなかったのか」

「現状、聞き及んでいません」

「だが本人が所有していたはずの携帯端末が見当たらない。自宅にも現場にも残っていないところをみると、犯人が持ち去った可能性が高い。つまり被害者の携帯端末には犯人を特定する情報が保存されていたと考えるのが妥当だ。そして携帯端末に情報が保存されていたのであれば、その人物は被害者と接点があったことを示している」

説得力のある推論に蓮田はまたも頷く。だが、東雲の歯切れがいいのはここまでだった。

「問題となるのは現場の状況だ。玄関と裏口のドア、掃き出し窓には内側から鍵が掛かっていた。ドアの鍵はピッキングされた痕跡もなかったので、犯人の逃走経路が未だに判然としない。空き家となっていた現場の鍵の管理はどうなっている」

これには所轄の捜査員が答えた。

「現場となった住居は前の住人が退去してからは南三陸町役場建設課の管理物件になっており、純正キーもスペアキーも役場内の保管庫に現存しています」

「持ち出された可能性はないのか」

「保管庫は閉庁時にキーの本数を確認した上で施錠するそうです。事件当日も本数はぴったり合っていたとのことです」

「合鍵が作られた可能性は」

「純正キーとスペアキー両方を鑑識に預けて分析中です」

「結果が出たら、鑑識は速やかに報告するように」

従前とは勝手が違う東雲の困惑に、既に多くの捜査員が気づいていた。

「現場は犯行時点、所謂密室状態だった」

東雲は「密室」という言葉を無理に絞り出しているようだった。

「知っての通り、送検し公判を維持するには犯行の動機・方法・チャンスを明らかにする必要がある。無論、状況証拠だけで送検するのは不可能ではないし、容疑者の自供さえあれば公判でも闘える。しかし充分ではない。捜査本部としては公判に不安な材料は全て解決しておきたい」

ふと隣を見ると、笘篠がつまらなそうに東雲を見ていた。長らくコンビを組んでいるので誤魔《ごま》化《か》されない。笘篠がこういう顔をしている時は逆に奮い立っている証拠だった。

「不可能犯罪など、この世に存在しない。表面上はそうであったにせよ、必ず何らかの人為や偶然が働いている。そんなものは我々の捜査能力と科学捜査の力で覆せるはずだ。鑑取りを継続し、被害者と接点を持つ人物を洗い出すこと。鑑識は分析を進めて犯人が現場から逃走した経路を明らかにすること。当面の捜査方針は以上だ」

会議が終了した後、捜査員たちは石動課長の指示で各担当に振り分けられる。

「笘篠と蓮田は鑑取りの続行」

近づいてきた石動がそう命じると、すぐに笘篠が頷いてみせる。もっとも頷いてみせても全てを了解しているとは限らず、笘篠は命じられた以外にも捜査の手を伸ばすことがままある。厳密な意味では越権行為だが、笘篠の場合はそれなりの成果を上げてくるから石動も不問に付しているのが現状だ。

会議室を出た笘篠はちらと蓮田を見る。

「鑑取りだが、当たってみたい対象はあるか」

「現場で出くわしたケアマネージャーの大原から再度話を聞きたいですね」

「さっき話したんじゃないのか」

「先程のは世間話みたいなものです」

「世間話と事情聴取を使い分けできるのか」

やはり読まれているか。

知歌は被害者の掛川を知っていた。仮設住宅に足繁く通っていた者同士だから当然とも言えるが、聴取を続ければ別の情報を得られるかもしれない。事件当時に失念していたことが後になって思い出されるのは、よくある話だった。

だが一方、失われた知歌との十四年間を埋めたいという気持ちも否定できない。ともすれば私情が混じりそうだが、逆手に取る方法もある。

「むしろ世間話をエサに情報を引き出そうと考えています」

ほう、と笘篠が感心したような、あるいはこちらの意図を見透かしたような声を上げる。

「それなら俺が同行しない方がいいな」

この提案には少なからず驚いた。

「いいんですか、俺一人で」

「関係者からの聴取がスムーズになるなら、それに越したことはない。俺も鑑取り以外に調べてみたいことがある」

個別に密室のからくりを解くつもりだと直感したが、敢《あ》えて尋ねることはしなかった。

「ただ、見聞きしたことは細大漏らさず報告しろよ」

最後に念を押してから、笘篠はその場から立ち去っていく。

翌日、蓮田は知歌から教えてもらった〈友&愛〉の事務所へと向かっていた。所在地は南三陸町志津川沼田《ぬまだ》〇〇〇、南三陸町役場・病院前駅から少し歩いた場所で幼稚園の隣だった。すぐ向こう側には南三陸町役場の庁舎も見える。

事務所自体は平屋建てのプレハブ住宅で、ひどく安普請に見える。NPO法人の予算ではこれが精一杯の事務所なのだろう。

ドアを開けてすぐの場所に受付がある。座っていたのは知歌だった。

「将ちゃん」

「この時間ならいると聞いたからさ」

事務所の中を見渡してみたが、知歌以外に人影は見当たらない。

「一人きりかよ」

「スタッフ、そんなに多くないから。受付も交代制」

「少し喋っていいか」

「捜査の一環なの。それとも私用なの」

「どちらかでなきゃ話もできないか」

「そんなことはないけど」

知歌の顔が警戒心で翳《かげ》ったので、すぐに誤魔化すことにした。

「冗談だって。ずいぶん間があったから、ゆっくり話がしたかっただけだよ。他意はない」

「世間話するために、わざわざ南三陸町まで来たの」

「捜査の一環と言っとけば誰からも責められない」

「ひでえ不良刑事」

「これでも信頼されてる」

ふた言み言話せば警戒心はすぐに解ける。これは幼馴染みならではの利点に違いなかった。

「この状態だけ見ると暇そうなんだけど」

「お留守番だからね。それでも結構問い合わせや申し込みの電話があるし、巡回に行けばへとへとになって帰ってくるし」

「巡回というのは、皆本さんのところみたいに世話をするのか」

「介護業務はあくまで一部。それ以外に生活の悩み相談とか各種申請書類の書き方とか要するに何でも屋よ」

「しかし、それだとやっぱり暇になっていくんじゃないのか。吉野沢に限らず、県内に建てられた仮設住宅は次から次に撤去されているらしいじゃないか」

「そうなると、ますますわたしたちの仕事は増える」

知歌は軽くこちらを睨んだ。

「仮設住宅までは維持されていた地域のコミュニティが公営住宅へ移転した途端に消滅する。働き盛りの壮年夫婦や就学児童を持つ家庭はともかく、老夫婦や独身者は新しい環境に馴染み難《にく》いのよ」

「全然知らない集団の中に放り込まれるから孤独になるっていうのは理解できる。しかし、それだけの理由で知歌たちの手助けが必要なのか」

「それって今までずっと家族と暮らしていたか、ずっと一人きりで生きてきた人の感覚よ。人間ってね、一度家族とか仲間とかの繋がりを知ってから独りになると、途端に孤独感に襲われるものなの。現に自殺しちゃう人もいるしね」

聞いた瞬間から、またぞろ例の罪悪感に苛《さいな》まれる。知歌もそうだが、震災と津波に家族を奪われた人間を引き合いに出されると、どうしても腰が引けてしまう。両親が息災、震災被害からも免れて今は独立して所帯も持っている。厳密な意味で孤独になったことは一度もなく、自分の人生は恵まれている。家族を喪失した者たちに対して申し訳ない気持ちになる。

「仮設住宅撤去が急ピッチで進んでいるからウチみたいな小所帯のＮＰＯ法人はてんてこ舞い。正規スタッフやボランティアを募集しているけど、なかなか集まらなくて」

「こういうのに応募するボランティアは多いと聞いたけど」

「有資格者を条件にしているからね。介護福祉士、臨床心理士、公認心理師、その他」

「人手が足りないのに、募集する側がハードル上げてどうするんだ」

「あのね。いくらボランティアといってもやる気だけの真っ直ぐ君はいても邪魔なだけなの。災害だとか介護だとかケアにはそれぞれに応じた専門的なスキルが不可欠なの」

「厳しいな」

「被災者の置かれている立場自体が厳しいんだもの。そんな場所に、いそいそ自分探しや自分語り目的に来ないでほしい」

「えらく嫌ってるんだな」

「現在進行形でいるのよ、そういう迷惑系ボランティア。ほとんど物見遊山でやってきて中途半端な活動して途中でさっさとやめていく。後からフォローするのに二倍三倍の労力が要るのよ」

顔馴染みが相手のせいか、知歌は本当に迷惑そうな顔をする。きっと日頃から迷惑系ボランティアとやらには手を焼いているのだろう。

なかなかに興味深い話ではあるものの、蓮田が訊きたいのはボランティアの現状ではない。

自分が知り得ない知歌たちの十四年間のことだ。

最初、祝井貢が森見沙羅の家に婿入りしたと聞いた時は呆気に取られた。自分が殺人の捜査にやってきたことを忘れそうになったくらいだ。

まさか貢が沙羅と結婚するとは思いもよらなかった。高校卒業まで貢が付き合っていた相手は知歌だったからだ。

困惑している最中に声を掛けられた。

「何、考えてんの。心ここにあらずみたいなんだけど」

「別に」

「将ちゃんはさー、自分じゃ気づいていないんだろうけど〝サトラレ〟だからね」

サトラレ。

昔、知歌たちに何度かからかわれたことがある。自分は考えが全て顔に出るらしいのだ。

「変に隠し立てされると、こっちの気分が悪くなる。いいから言いなよ。答えられることには答えてあげるからさ」

「じゃあ言う。どうして貢と沙羅が結婚する羽目になった」

「へっ」

「貢が付き合っていたのはお前だろう。俺がいない間に何があったんだよ」

「ストレートねえ」

「答えられないことなら、いい」

「心変わりなんて珍しい話じゃないでしょ」

「それにしたって経緯ってものがあるだろうよ」

「言っとくけど、ふったのはあたしの方だから」

知歌は胸を反らせて言う。

「貢の何が気に食わなくなったんだよ」

「何もかも。腐れ縁もあって付き合っていたけど、結婚相手じゃないなって。それでふってやったら、さっさと沙羅とくっついちゃって。昔馴染みなら誰だっていいのかよって感じ」

心変わりも、失恋した男が別の幼馴染みとくっつくのも珍しい話ではない。

だが、貢と沙羅の結婚には納得できない点が多々あった。

「貢の実家、建築屋だったよな」

知歌の表情が一瞬、固まる。サトラレは蓮田の専売特許ではないらしい。

「昨日、少し調べた。〈祝井建設〉、まだ立派に商売続けているじゃないか。確か俺たちが高校生だった時分、かなり経営が苦しかったんじゃないのか。下手したら廃業だって、貢の口から聞かされた憶《おぼ》えがある」

「持ち直したんじゃないの」

わざとらしい口調だった。

「あそこのお父さん、辛抱強いから」

「片や沙羅の親父さんは県議会最大派閥のトップで、元から羽振りも良かったよな。ひょっとしたら沙羅の親父さんからの資金援助で持ち直したんじゃないのか」

甘酸っぱい感傷に生臭いカネの話が割り込む。喋っていて愉快な話ではないが辻褄《つじつま》は合う。

「刑事なんて仕事をしていると、将ちゃんでもそんな思考回路になるのかな」

「刑事でなくたって考えるさ。一種の政略結婚じゃないかって」

「時代錯誤もいいところ」

「そうかな。カネに纏《まつ》わる話に昔も今もない。持たざる者は持っている者より立場が弱い。資金提供を交換条件に持ち出されたら、貢も仕方なく森見家への婿入りを承諾するんじゃないのか。森見家には沙羅しか子供がいなかったし、その沙羅はとてもじゃないけど議員になれるようなタマじゃない。違うか」

「貢くんと沙羅の相性がぴったりだったとは思わないの」

「相性ならお前と貢の方がぴったりだった。だから二人が結婚したと聞いて驚いたんだ」

いつもの詰問口調になるのを抑えて喋るが、再び相手の表情には警戒の色が宿る。

「昔の恋バナをこんなかたちでさせられるとは思わなかったな」

「で、違うのか、違わないのか」

知歌は束の間こちらの目を覗き込んでいたが、やがて諦めたように視線を外した。

「人の心は悪魔でも分からないって言葉、知ってる？」

「日々、痛感している」

捜査一課に配属されてからは尚更だった。

「調べたら分かっちゃうだろうから事実だけ言うけどさ。貢くんが婿入りしてから〈祝井建設〉が持ち直したのは確か。それまで縁のなかった公共工事を沢山受注するようになって、はっきり風向きが変わったみたい」

やはり公共工事絡みなのかと、蓮田は合点する。

公共工事は競争入札制度を採用していて一見公明正大に思えるが、競争参加資格については発注者に決定権がある。つまり発注者が都道府県である場合は各自治体の首長や議会が決定権者ということになる。県議会最大派閥の長である森見議員なら、競争参加資格について己の意見を捻《ね》じ込むのも可能だろう。

「ただし、それはあくまでも現象面だから」

知歌は釘を刺すのを忘れない。

「公共工事の受注も貢のお父さんが頑張った成果だし、沙羅のお父さんはお父さんで、何の援助もしなかった。そう考えた方がずっと健全」

「ああ、健全だな。健全過ぎて中学生が聞いても笑える」

「ひどい言い方」

「じゃあ、肝心の貢は今何をしているんだよ」

「……森見議員の秘書」

県議会議員の秘書には国が人件費を負担するような公設秘書制度はないので、全て私設秘書扱いとなる。報酬も公設秘書ほど多くはない。だが娘婿なら報酬が少なかろうと多かろうと大きな問題ではない。親が子どもに小遣いを与えるようなものだ。

「秘書ということは、やっぱり森見議員の後継者に予定されているんだろ。俺の予想通りじゃないか」

「貢くん本人の口からは何も聞いてないのよ」

知歌は俄に弁明口調となる。

「もうこの話はお終い。ふった相手は逆タマに乗って幸せに暮らしましたとさ。それでいいじゃん」

捜査でもないのに、相手が嫌がる話題を続けても仕方がない。蓮田はあっさりとこの話を切り上げた。

後に続いたのは〈友&愛〉の設立主旨とスタッフの苦労話だ。NPO法人ならどこも似たようなものだが、非営利活動なのでスタッフによる有形無形の犠牲がつきものになる。

「病院勤めの頃から給料は上がったけど、拘束時間がそれ以上に長くなったから結局どっちが良かったんだか」

「不満か」

「不満というより無力感。被災者の力になりたいと思って始めたけど、どこまで役立っているのか分からなくて」

「会員は感謝しているさ。年寄りは話し相手がいるだけで喜んでくれるだろう」

「被災して家族を失ったお年寄りは、少し事情が違うのよ。決してあたしたちを自分の子どもや孫代わりに見てくれない。どれだけこちらが親身になっても、あの人たちの中には一番優しかった時の子どもや孫が生き続けているんだもの。どんなに頑張っても死者に敵《かな》うはずがない」

無力感は死者に対するものだったのか。

「所詮他人なんだと割り切ってケアはしているけどさ。それでも担当している会員さんが自殺なんかすると、その日一日は落ち込んじゃうよ」

「お前も担当したのか」

「二人もいた。一人は仮設住宅で、もう一人は転居先の公営住宅で」

知歌は力なく項垂《うなだ》れる。

「災害の後は〈ハネムーン期〉といって被災者同士の連帯感が強まるんだけど、〈幻滅期〉になると立ち直りの個人差が広がるの。その後、仮設住宅の供給が終わって住宅の再建や公営住宅への移転が始まる〈再建期〉になると、経済的支援やコミュニティを失った人の精神的負担が一気に増える」

「自殺者が出るのはそのタイミングか」

「うん。だから今の時期は一番ケアが必要なの。震災から七年。東北以外の人たちは復興が進んで、もう震災なんて過去の出来事くらいに感じているかもしれないけれど、被災地の感覚は全然違う」

知歌の声には、ありありと疲労感が漂う。

「震災は、まだ終わっていない」

そろそろ交代の時間が迫っているというので、蓮田は事務所を辞去した。知歌はいつでも来てくれて構わないと言ったが、今後は彼女のシフトを考慮するべきだろう。

知歌と別れてからも充足感はない。いくつか質問をしたが結局は不完全燃焼に終わった。蓮田にはその理由も分かっている。

自分が知歌に距離を取っているからだ。だから相手を傷つけるような直截《ちょくせつ》な質問を呑み込んでしまう。二人を隔てているものは被災経験の有無だけではなかった。

知歌本人に話したことは一度もない。彼女が察しているかどうかも確かめていない。

知歌が貢と付き合う前から、蓮田は密かに彼女を想い続けていたのだ。

知歌を苛めていた女子たちが転校の憂き目に遭った翌日、珍しく蓮田と知歌二人だけの下校となった。その道すがら、何の前触れもなく知歌が口にした。

『貢くんから告られてさ』

『うん』

心臓が高鳴る。

『あたしたち、付き合うことになったから』

貢の気持ちと今回の騒動の一部始終を知る蓮田には、表立って反対する理由が何もなかった。

そうか、と答えると沈黙が流れた。

胸の裡《うち》では様々な感情が、頭の中では相反する二つの考えが渦を巻いて、何を言っていいのか判断できなかった。

やがてそれぞれの家にわかれる時、知歌が一瞬足を止めた。

蓮田が何か言うのを待っていたのか、それとも気紛れだったのかもしれない。

数秒か、数十秒だったたか。

やがて知歌は背中を向けたまま言った。

『じゃあ、また明日』

『うん。また明日』

しかし次の日はそれまでの毎日とは明らかに違う日だった。

未だにあの時に交わした言葉を後悔と苦さとともに思い出す。

だが高校卒業後、蓮田と他の三人が疎遠になった理由はまた別にある。これより先、蓮田は知歌に会う度に己の瘡蓋《かさぶた》を剝がす羽目になるのだ。

二　再建と利権

1

二回目の捜査会議は東雲の仏頂面で始まった。

前回に告げられた捜査方針は鑑取りの継続で掛川と接点のある者を洗い出すことと、犯人の逃走経路を明らかにすることだった。だが鑑取りも鑑識も与えられた課題に難渋し、東雲を満足させるような成果を上げていない。まだ帳場が立ってから間もないにも拘《かか》わらず、捜査は早くも膠《こう》着《ちゃく》状態に陥った感が否めない。居並ぶ捜査員たちも心なしか緊張感が途切れ、代わりに閉塞感を漂わせている。

「犯行現場となった空き家の合鍵が作られた形跡はあったのか、なかったのか」

鑑識課の両角は居心地悪そうに立ち上がる。

「鍵穴をこじ開けたり、挿し慣れない合鍵を使用したりした形跡はありませんね」

「ただの一度もか」

「周辺は撤去工事が進行していて、鍵穴には作業過程で生じた微細な粉塵が溜まっていました。マスターキーだろうが合鍵だろうが、使用すれば痕跡が残るはずなんです。しかし、そうしたものは一切見当たりません。残存していたのは、機捜が入室した際の痕跡だけです」

「掃き出し窓はどうだ。ロックされていた二か所が外部から開けられた形跡はないか」

「二か所のロックは両方ともクレセント錠本体にシリンダーがついているものです。ご存じの通り、このタイプは開錠しなければクレセント錠を回すことができません。分析してみましたが、細工をされた痕跡は見つかりませんでした」

「つまり犯人は玄関からも裏口からも窓からも出なかったことになるか」

よほど不可能犯罪なるものが気に入らないのか、東雲は露骨に嫌そうな顔をする。

「鑑識課に推論をお求めでしょうか」

「いや。あくまでも可能性の確認だ」

部屋から出た方法は不明ですがと前置きした上で、両角は興味深い新事実を説明し始めた。

「吉野沢仮設住宅には現在三世帯しか居住しておらず、いずれもクルマを持っていません。しかし現場付近は撤去工事の最中という事情もあり、トラック、重機、タクシーなどが行き来しています。鑑識では採取したタイヤ痕一つ一つを分析しましたが、一つだけそのいずれとも符合しないものがありました。資料をご覧ください」

両角の指示で、蓮田は配布された資料の該当ページを繰る。現れたのはトレッドパターンの拡大写真だった。

「極太の三本グルーブと細めのグルーブを組み合わせた、非対称・非方向性のパターンになっているのが確認できます。このパターンに合致するのはヨコハマタイヤ製の〈ADVAN Sport V105〉と判明しました。この〈ADVAN Sport V105〉はベンツSクラス、BMW X3といった主に高級外車に装着されているタイヤです。建機のタイヤ痕の上に重なっていることから、直近に訪れていたものと思われます」

捜査員たちの間から訝《いぶか》しげな声が洩れる。三世帯しか残っていない仮設住宅と高級外車の取り合わせは確かに奇妙だった。

「車種と製造年は分かるか」

タイヤ成分の比率は製品によって異なる。微量であってもタイヤ痕が残っていれば、ガスクロマトグラフ質量分析計で成分比率を割り出せるはずだった。だが、続く両角の返事は冴《さ》えない。

「採取されたトレッドパターンは砂地から採れたものであり、現段階でタイヤ成分までは検出されていません」

「三世帯の親族に高級外車の持ち主がいるという解釈も合点がいかないな。鑑取りでそうした事実は出ているのか」

これには蓮田が応える。

「三世帯とも聴取していますが、そうした事実はありません」

高級外車を乗り回すような身内がいれば、公営住宅への移転が進んでいる時点で仮設住宅に住み続ける意味もない。蓮田の答えは手短だが、捜査員全員が納得している様子だ。

「不審な高級外車か。現場に防犯カメラが設置されていないのは痛いな」

東雲は無念そうに首を振る。

「高級外車の存在は確かに異質ではある。容疑者のものとは断定できないが、鑑識は持ち主の特定を急げ。関連して地取りと鑑取りも継続する。以上」

会議が終わっても捜査員たちにあまり覇気は感じられない。現状、分析作業が山のように残っている鑑識課はともかく、他の捜査を割り当てられている者は虚空を摑むような手応えなのだから当然と言えば当然だった。

皆が三々五々と散っていく中、笘篠だけは机を離れようとしない。不思議に思って蓮田が背後から覗き込むと、笘篠は建物図面に見入っていた。

「笘篠さん、その建物って」

答えを待つまでもない。それは件《くだん》の仮設住宅の建物図面だった。

「そんなもの、どうやって手に入れたんですか。まさか法務局じゃないですよね」

原則として不動産は登記の対象であり、法務局には登記した建物の図面が保管されている。だが仮設住宅はたとえ生活が長期に亘《わた》っているとしても最初から取り壊されることを前提とした建物なので、その限りではない。法的に不可能ではないが、メリットがないので登記する者はいないと聞いている。

「建物図面を保管しているのは法務局だけじゃない。これは南三陸町役場が発行している〈被災者受入支援応急住宅退去確認書〉の一部だ。添付資料の一つとして建物図面が載っている」

説明を聞けばなるほどとも思えるが、欲しい資料を探し出してくる笘篠の嗅覚に舌を巻く。

「よく、そんなものを見つけてきましたね」

「探す気になれば、大抵のものは見つかる」

仮設住宅の建物図面には小さな字で書き込みがされている。いずれも笘篠の角ばった字で、図面を睨みながら書き加えたものらしい。

「分かっていたことだが、プレハブ住宅というのは工場で作られるパーツが多いから、後で細工をするのが困難だな」

「図面を見て密室を破るつもりでしたか」

「屋根裏、壁の向こう側、床下。現場では見えないところに活路が開けないかと思ったんだがな」

「プレハブ住宅というのは、要するに箱と箱を繋ぎ合わせたような家ですからね」

「表裏のドアと掃き出し窓が内側から施錠され、採光窓は嵌め殺し。開口部の出入りがないとなると、床や壁に細工をするより他にないはずだが、その痕跡もない。袋小路とはこのことだな」

「いっそ屋根全体を持ち上げてしまう、というのはどうですか」

「プレハブ住宅の解体作業を見たことはあるか」

蓮田は首を横に振る。

私生活でも捜査の一部でも、そんな光景は目にしたことは一度もない。

「俺もない。だが住宅を組み上げるのと全く逆の工程というのは何となく分かる。屋根は最後に設置する。それ以外の工法はないだろう」

「でしょうね」

「プレハブ住宅の解体手順ならネットを漁れば概要が知れる。安物のプラモデルみたいな一体型ならともかく、あの仮設住宅の屋根は十数枚の屋根材で構成されている。まずその屋根材を剝がすんだが、固定してあるネジを外した上、設置部分をバールで剝がさなきゃならない。簡単な作業みたいに聞こえるが、人力では手間も暇もかかるから重機を使うのが普通らしい」

「現場は撤去工事が進んでいて重機の一部も置いてありましたよ」

「重機を動かすにはキーが必要だし、第一そんなものを夜の八時から十時にかけて起動させれば、近所の三世帯に聞こえないはずがない。折角の妙案だが却下だ」

片手でペンを弄びながら、笘篠は悩ましげに図面を眺める。意外にも謎解きに興味があるのかとしげしげ見ていると、笘篠が抗議の目を向けてきた。

「好きでやっていると思うか」

「あ、いえ」

「推理小説のトリックを暴くのは嫌いじゃないが、現実の事件となれば話は別だ。まるで犯人におちょくられているようで苛々《いらいら》してくる。管理官じゃないが、状況証拠さえ揃えば起訴できるとしても充分じゃない。警察の迷走ぶりを嗤《わら》っているようなヤツに一矢報いてやりたい気持ちもある」

殊更声高にではなく、ぼそぼそと話すので余計に腹立ちが伝わってくる。

笘篠は一を聞いて十を知るのではなく、残りの九を走破して確認するような男だ。安楽椅子にふんぞり返って自慢げに推理を披露する人間よりは、ずっと信用できる。密室破りに関しては笘篠に一任しようと思った。

「犯人の逃走経路については笘篠さんに丸投げさせてください」

「俺に丸投げする分、自分は単独行動でもするつもりか」

「単独でないと、訊けないことがあるんです」

「例の知り合いか。事件に関係しているのか」

「まだ分かりません」

犯行現場の近隣住民の面倒を、たまたま看ていた幼馴染み。被害者との接点は希薄で殺害動機も思いつかない。だが、放置しておくつもりもない。

「分かるまで調べてみたいんですよ」

渋面でも見せられるかと思ったが、予想に反して笘篠は鷹揚《おうよう》に頷く。

「可能性を一つずつ潰していくのが俺たちの仕事だ。気が済むまで調べればいい」

「ありがとうございます」

「で、いったいどこに行くんだ」

「南三陸町役場です。もう一度建設課課長補佐の鶴見圭以子から聞きたいことがあります」

笘篠は片手を上げて了解した。


「今日はお一人なんですね」

蓮田が単独で現れたと知ると、鶴見は何故かほっとした様子だった。

「捜査一課は常に人手不足でしてね」

「奇遇ですね。実はウチの課も慢性的に人手不足なんです。殊に掛川さんを失ったので尚更です」

「人員の補充はしないのですか」

「土木係は業者だけではなく地域住民との折衝を任されている部署ですから。手慣れた者でないとトラブルの元になるので、単純に補充すればいいというものじゃないんです。もちろん、また一から新人を育てていかなければならないんですけど」

「掛川さんの抜けた穴は大きそうですね」

「現状はわたしが兼任していますけど、早くもてんてこ舞いです」

確かに鶴見を観察すると、顔に疲れが見え隠れしている。ただし肉体的な疲労なのか精神的なそれなのかは判然としない。

「本日お伺いしたのは、鶴見さんからの説明が聞きたかったからです」

「先日の聴取では足らなかったでしょうか」

「後から思いついたことも多々あります」

「じゃあ落ち着ける場所に移りましょう」

応接室に誘《いざな》われ、蓮田は鶴見と差し向かいに座る。鶴見に緊張感が見えないのは相手を自陣に迎えたことによる余裕だろうが、蓮田の方は手心を加えるつもりなど一切ない。

「掛川さんが抜けた穴が大きいのは、彼が交渉事に慣れていたからですか」

「それは確実にあります」

鶴見は自分で淹《い》れてきた茶をひと口啜《すす》って言う。

「交渉というのは口の上手さだけではなく、人柄も重要ですから。仮設住宅から移転するにあたって、経済的にも心理的にも抵抗がある被災者を説得する最後の決め手は、担当者の誠意なんです」

被災者の中には公営住宅への移転を渋る者もいる。経済的理由以外にも住み慣れた街を離れたくない者もいるだろう。そういった人間たちを半ば強引に説得する免罪符に「誠意」を口にするのか。知歌から公営住宅入居者の実情を聞いている蓮田は、つい穿《うが》った見方をしてしまう。

「掛川さんは文句一つこぼさず黙々と仕事をこなす、所謂不言実行タイプということでしたね」

「ええ。とても頼りになりました」

「言い換えれば、文句一つこぼさず黙々とこなすタイプじゃなければ到底務まらない業務だったということですよね」

「何だか険のある言い方に聞こえますね」

「失礼。実はまだ移転の済んでいない三世帯に色々とお訊きしました。皆さん、それぞれに事情があって、なかなか公営住宅への移転に踏み切れない。中には、はっきり拒絶している人もいる」

「住めば都というか、一度あんな大災害に遭ってしまうと、お年寄りは生活の変化を厭うようになりますから」

「それでも掛川さんは足繁く説得に通った」

「業務ですから」

「わたしが理解できないのは、何故被災者の尻を叩いてまで公営住宅への移転を促進しているかなんです。既に公営住宅自体は完成している。入居条件も定められていて、もちろん被災して家を失くしている世帯に優先権が与えられている。だったら、そんなに急ぐ必要はないんじゃないですか。残りの三世帯が納得するのを待って移転させても」

「公営住宅への移転は計画に則って行われています。計画というものには全て期限が設けられているのですよ」

そんなことは言われなくても分かっている。

「でしょうね。しかし本人が嫌がるのを無理に急《せ》き立てるのが、果たして正しい行政かどうかとなれば意見は分かれるでしょう」

「何か言いたそうですね」

「しばらく仮設住宅を存続するという選択肢はないんですか」

「『仮に設置してある』から仮設住宅なんです。一般住宅のような永続性はありません。そんな建物にいつまでも市民を住まわせる訳にはいきません。移転計画はあくまでも被災者第一主義の政策なんです」

「プレハブ住宅だから永続性がないのは納得しますよ。しかし最近のプレハブ住宅は耐震性も耐久性も兼ね備えていると聞きます。被災者第一主義というなら、彼らの希望に沿うことが一番だと思いますけどね」

「市民の希望を何でも叶えるのは行政ではありません。ただのポピュリズムです」

鶴見の言説は少しずつ歪み始めているが、本人は気づいているのだろうか。

「吉野沢にいつまでも仮設住宅が残っていたら、何か都合の悪いことでもあるんですか」

「そんなことはありません。ただ計画に基づいて建てられた仮設住宅なら、計画に沿って撤去されるのが当然です」

「先ほど、経済的心理的に抵抗がある被災者を説得する最後の決め手は担当者の誠意だと言いましたね。しかし、その掛川さんをもってしても三世帯を立ち退《の》かせることは困難だった。ひょっとしたら掛川さんは最終手段として、誠意の先にあるものを発揮したんじゃないですか」

「誠意の先にあるものとは何ですか」

「人を動かすのに有効なものですよ。色々あるでしょう。カネとか暴力とか。だから憎まれた挙句、殺されてしまった」

「いくら何でも失礼じゃありませんか」

鶴見の顔色が変わった。

「建設課に余分な予算はありませんし、掛川さんほど暴力に縁遠い人はいませんでした」

「確かに失礼だったかもしれません。その点はお詫びします」

いささか興奮気味の鶴見に対して、蓮田は己を制御している自覚がある。相手を怒らせても、自分は平常心を失わない。これは笘篠とコンビを組んでいて身に付いたものの一つだった。

「あなたはずいぶん掛川さんを買っていたんですね」

「わたしに限らず、掛川さんみたいな人には全幅の信頼が置けます」

「あなたや妹さんの話を聞けば、生前の掛川さんの人となりが浮かんできます。さぞ得難い人材だったのでしょうね。鶴見さん延《ひ》いては役場の意向を着実に実行する、使い勝手のいい道具として」

「その言い方はひど過ぎます」

「では鶴見さん。あなたは掛川さんをただただ真面目で、目立つのが嫌いな好人物だと評価していたのですか」

「人として尊敬に値する人物でした」

「人として尊敬に値する人間が、事もあろうに自分が担当していた仮設住宅の中で死体となって発見された。どう考えても仕事絡みで殺されたとしか思えない」

不意に鶴見は口を噤《つぐ》んだ。

畳み掛けるならここだ。

「十中八九、仕事上のトラブルに巻き込まれて、彼は殺された。ただ真面目なだけの好人物だったのに。だとしたら鶴見さん。あなたに責任の一端があるんじゃないですか。あなたの指示に従ったがために掛川さんが殺されたと考えられませんか」

「……ひどい」

鶴見から上司の仮面が剝がれかけている。

そうだ、素顔を見せろ。

知歌の話から建設課が公営住宅への移転を急いでいる感が否めず、どうにも引っ掛かっていた。だが真正面から切り込んだところで、組織の中間管理職が真実を打ち明けるはずもない。そこで鶴見の罪悪感を刺激しようと思いついたのだ。鶴見を断罪するのは少々酷だが、捜査のためには致し方ない。

果たして鶴見は帰属意識と個人感情の間で葛藤している様子だった。蓮田は期待して彼女が落ち着く先を見守る。

「先ほどから聞いていれば、全部刑事さんの印象ですよね」

結局、職業意識が勝ったらしく、鶴見は上司としての顔に戻っていた。

「掛川さんの死は悲しい出来事でしたけど、それをわたしや役場の責任に転嫁されても困りますし、また転嫁されるような客観的事実も見当たりません」

鶴見はおよそ温度を感じさせない目を向けてきた。

「掛川さんがどんな理由で殺されたのか、わたしは警察ではありませんから分かりません。本人とご遺族のお気持ちを逆撫《さかな》でするだけなので、個人的な推論を口にするのも控えさせていただきます」

「課長補佐という肩書は個人の感傷すら口にできないんですか」

「職場で口にする内容ではありません」

まずい、と思った。

鶴見のように帰属意識の強い人間は、いったんこうと決めたらなかなか崩れない。自分一人で組織を背負っているような自己陶酔が作用するからだ。

こんな時、笘篠ならどう対応するだろうか。

一瞬、蓮田は心細くなったが、矛を収める気にはなれなかった。

「鶴見さん。掛川さんの妹さんはこれで一人ぼっちになってしまった。震災で両親を失い、今度はお兄さんを失った。彼女の無念を何とかしてやりたいとは思いませんか」

「わたしが妹さんにしてあげられるのはお悔やみの言葉をかけることと、死亡弔慰金を渡してあげることくらいです」

　鶴見は正面から蓮田を見据える。

「嫌な言い方になりますけど、家族を亡くしたのは彼女だけじゃありません。わたしだって震災で両親と弟を亡くしています」

　今度は蓮田が当惑する番だった。

「あなた、震災が発生した時はどちらにいらっしゃいましたか」

「県警本部のある仙台です」

「ご家族は無事でしたか」

「お蔭様で」

「それはよかったですね」

　柔和な言葉とは裏腹に、目は決して笑っていない。

「南三陸では多くの人が家族を失いました。不幸自慢をするつもりはありませんけど、掛川さんの妹さんだけがとびきり不幸ではありません。ここは役場ですから、震災直後から人の死をうんざりするくらい扱ってきました。遺体の捜索、発見、身元確認、遺族への説明、災害弔慰金支給手続き。役場の職員として、わたしが彼女だけに肩入れする理由はありません」

　聞きようによっては冷酷な物言いだが、蓮田には言い返す術《すべ》がない。

　くそ、またか。

　不幸自慢ではないと言われても、不幸を抱えていない者の立場は相対的に弱くなる。

「繰り返しますけど、わたしは掛川さんが殺される理由に全く思い当たりません。あったとしても、それは南三陸町役場とは一切関係ないものだと考えています」

すっかり取り付く島もないといった体だ。これ以上攻めたところで撥《は》ね返されるのがオチだろう。

「また出直します。捜査にご協力いただき感謝します」

「何度来ていただいても同じことの繰り返しにしかなりませんよ」

「分かりませんよ、その時にならないと」

蓮田は踵《きびす》を返すと、そのまま応接室を出ていく。碌《ろく》に挨拶もしなかったのを思い出したが、今更引き返す気にもならない。

己の不甲斐《ふがい》なさに吐き気がする。大見得切って単独行動した挙句がこのざまだ。御しやすしと思っていた鶴見が予想外に手強かったのも敗因だ。

まだ甘い。対象者から本音を引き出すには手前に覚悟が足りない。覚悟が足りないから腰が引ける。相手が被災者だと知れた途端に踏み込みが浅くなる。

『震災直後から人の死をうんざりするくらい扱ってきました』

『わたしが彼女だけに肩入れする理由はありません』

鶴見の言葉は失った者のみに許された重みがある。

だが、と蓮田は頭を振りながら思う。

家族の喪失や死を当然のものとして割り切るのは自然なことなのだろうか、それとも執着だろうか。

命の重さを語るのは、失くした者にしか許されない権利なのだろうか。

とにかくこのラウンドはいいところがまるでなかった。仕切り直しするより他にない。

方向性は間違っていなかったと思う。建設課ならびに南三陸町役場が移転計画を推進したがっているのは、鶴見の反応からも窺えた。問題は、その真偽を知る者に心当たりがないことだ。

不意に貢と沙羅の顔が浮かんだ。沙羅の父親は県議会議員であり、貢は彼の秘書を務めている。公営住宅への移転が南三陸町の推進事業であるなら、いくらか内情を知っていたとしても不思議ではない。

だが貢と顔を合わせることに少なからず抵抗がある。笘篠あたりに言わせればそれこそ公私混同だろうが、今会っても捜査協力を快諾してくれるかどうかは甚だ心許なかった。

蓮田は貢に拭いがたい負い目があるのだ。

2

二〇〇三年、将悟たちは高校三年生になっていた。それぞれの進路で志望校も異なり、物心つく頃から常に一緒だった四人にも別離の時が訪れようとしていた。

あと数か月もすれば離れ離れになるのが分かっていても、四人の日常に大きな変化はない。入試に備えて各々動いていても、一緒にいる時にはおくびにも出さないのが暗黙の了解だった。

現実を直視するのが怖いのだろう、と将悟は考えていた。小学生でもあるまいしとは思うが、今まで兄妹同然で育ち毎日のように顔を合わせている日常がなくなってしまうことに納得しきれていない。

辛いことも楽しいこともほどほど、それでも居心地は悪くない。

「よお、モラトリアムって知ってるか」

前を歩いていた貢が唐突に訊いてきたので、将悟はすぐに返事ができなかった。

「何かでちらっと聞いたことはある」

「元々の意味は政府による支払猶予期間。たとえば戦争とかで債務支払いの法律が制定されても、その日のうちに適用されたら混乱が生まれるから施行まで間を置くみたいな意味だ。そこから転じて、大人になるための猶予期間。ガキんちょからいきなり社会人になれと言われてもまごつくから間を置くようにする。社会に出るのを先延ばしにするから、大学に通う期間がそうだという意見もある」

「じゃあ、大学は遊びの時間かあ」

看護師学校を目指す知歌は羨ましそうに言う。よくは知らないが、看護師学校には遊んでいる暇などないのだろう。加えて、大学進学組の他の三人に対するひやかしが多分に混じっている。

「大学行っても、遊んでるだけじゃないと思うけど」

沙羅は少しむっとして反論する。貢の横にはいつも必ず知歌がいるのが気に食わないらしい。沙羅本人は隠しているようだが、将悟には丸分かりだ。

「きっちり勉強しなきゃさ、単位とか成績とかうるさいもん」

「沙羅の家はそうだろうね。お父さん、厳しそうだから。その点、ウチなんてザルみたいなもんだから。看護師学校って奨学金の返済免除が大きいみたいだから、それだけでオーケー」

「実際、学費を払う親にしてみれば、大学生活がモラトリアムだなんてふざけるなって話だろうな」

　将悟は父親の顔を思い出しながら言う。大学進学には賛同してくれた父親だが、留年はもちろん成績不良は許してくれそうにない。入学したはいいが、モラトリアムなどと浮かれていたら、とんでもないしっぺ返しを食らうこと間違いなしだ。

「将悟の家も親父さんが厳しそうだもんな」

「そっちはどうなんだよ」

「ウチも負けず劣らずうるさい。これからの建築屋には学歴が不可欠だとかで、色々口出ししてくる。志望大学にまで口出ししようとしたから、そっちは黙殺した」

　貢は常にクラスでも上位の成績を収めている。志望校も軒並みA判定なので、父親から口出しがあるのは意外だった。

「だけどまあ、先月から静かになったんで今はほっとしている」

「説得したのかよ」

「毎晩帰りが遅いから、息子の進路に口出しする機会がない」

　父親が不在がちなのを楽しんでいるように聞こえた。

「毎晩って、会社が休みの日だってあるだろ」

「毎晩だって。土日も休業日も関係なく午前様でさ。何だか接待続きみたいだな。親父、結構イケる口なんだけど」

「知ってる。小学校の保護者会で懇親会やったら、お前の親父さん以外は全員酔い潰れて翌日は仕事にならなかったって話」

貢の父親健造《けんぞう》は裸一貫で工務店を興し、従業員百名を超える建築会社にまで育て上げた立志伝中の人物だ。れっきとした町の名士だが、幼稚園の頃から祝井宅に出入りしている将悟たちにとっては「気のいいおじさん」でしかない。

「そのうわばみ、毎晩の酒席が祟《たた》ったのか、寄る年波には勝てないのか、帰ったら帰ったで昼まで潰れている。お蔭で顔を合わさずに済む」

「考えたら、それも大変だよな」

「肝臓が強くなきゃ建築屋を経営できないってんなら、俺は後継ぎなんて御免こうむる。接待も嫌だ。家には胡散臭《うさんくさ》い客がよく来るしな」

確かに貢が商売相手のご機嫌を窺う図は想像もできない。接待される側なら辛うじて思い浮かべることができるが、その想像の中でも貢は仏頂面でいる。つくづくお追従を言うのも言われるのも嫌いな男なので、どうしてもそういう構図になってしまう。

「そこにいくと将悟の親父さんはまだマシかもよ。少なくとも肝臓を気にせず仕事ができる」

「だな」

民間でありながら、およそ接待とは無縁と思われる職業。

将悟の父親慎太郎《しんたろう》は地方紙の記者だった。


その夜、慎太郎はいつもより早めに帰ってきた。

「午後九時前に帰れるなんて何か月ぶりかな」

慎太郎はカバンを置くなり、テーブルにやってきた。そう言えば家族で食卓を囲むなど、ここ何年もなかったと気づいた。

母親もテーブルにつき親子水入らずの団欒《だんらん》となったが、母親は元々口数が少ないので、そのうちキッチンには各々の咀嚼《そしゃく》音しか聞こえなくなる。

「学校の方は、どうだ」

見かねた様子で慎太郎が訊いてくる。普段から疎《おろそ》かになっている父子の対話で溝を埋めようとしているのが透けて見える。

そもそも慎太郎が将悟の大学進学に賛同したのは、息子も新聞記者にさせたいためだ。口には出さないが雰囲気で分かる。将悟本人にその気はさらさらなく、ただ大卒の資格を得たいだけだ。

父親の気紛れに付き合うのも億劫《おっくう》なので、早々に話を切り上げたくなった。

「あのさ。折角母さんが作ってくれたから食事に集中したいんだけど」

「食事中でも会話は必要だろう」

「会社で昼飯食っている時もそうなのかよ」

「ああ、話が途切れることはない。上役や同僚の本音が聞ける、絶好の機会だ」

父親の会社では決まったグループで同じ食堂に出向くのがもっぱらだと言う。いい歳をして昼飯くらい一人で食べられないのかと思うが、父親は一向に気にする気配もない。

「一人で昼食というのもなあ」

誰からも相手にされていないように見られるのが嫌なのだとしたら、まるで小学生ではないか。そんな情けない大人にはなりたくないと、真剣にそう思う。

「家と会社を一緒にするなよ」

「どこの家庭だって団欒の会話くらいはあるだろう」

つい、話を逸らしたくなった。

「そうでもない。貢の家なんか最近はずっと親父さんが午前様だって」

「へえ、あの健造さんがか。従業員と呑み歩いているのか」

「じゃなくて接待だってさ。毎晩続いているから、さすがの祝井さんも昼まで酔い潰れてるんだって」

「ふうん」

慎太郎との会話はそこで途切れた。

将悟はすっかり忘れていたが、この時の会話を後々まで悔いることになる。


事件が報道されたのは十二月に入ってからだった。

『県議会議員に収賄疑惑』

慎太郎の新聞社が一面トップ記事に持ってきたのは、宮城県議会最大派閥の領袖である呉竹《くれたけ》県議が公共工事の入札に関し、地元業者に情報を漏洩したとの内容だった。全国紙や他の新聞社は一行たりとも触れておらず、地方紙には珍しいスクープと言える。

普段なら他人事で済ませられるニュースだが、将悟にとって看過できない問題が三つあった。一つはスクープをすっぱ抜いたのが慎太郎であったこと、二つ目は記事が慎太郎の署名入りだったこと、そして最後は贈賄した業者が〈祝井建設〉であったことだ。

記事の内容は関係者の特定も然《さ》ることながら、贈収賄の事実を微に入り細を穿つように記述していた。かなりの期間、執拗に調査したであろうことが如実に窺える。実際、後で確認すると、慎太郎はこのネタに食いついてからというもの碌に帰宅もせず〈祝井建設〉と呉竹県議の周辺を嗅ぎ回っていたらしい。

母親の話によると、当時の慎太郎は仕事に行き詰まっていたらしい。たとえ地元有力紙であっても自分は支局勤めであり、南三陸町の限定された記事しか書かせてもらえない。昼飯時も上司や同僚と離れられなかったのは、記者としての実力を知られないまま冷遇されるのが怖かったからだろう。

呉竹県議収賄のスクープにより、慎太郎に対する評価は激変した。支局内は元より本社からも称賛され、特別賞の候補にも入ったと聞く。それまで目立たなかった日陰の花が一挙に注目された感があり、慎太郎本人も戸惑い気味のように見えた。

だが、誰かの幸福は他の誰かの不幸でもある。慎太郎のスクープによって奈落の底に突き落とされた者たちも存在した。

一人は収賄側の呉竹県議だ。スクープに先んじられたかたちの宮城県警はおっとり刀で呉竹議員の事務所に駆けつけ、段ボール箱数十箱の証拠物件を押収した。ノーマークだった経済事件をいち地方紙にすっぱ抜かれ、面目を潰された県警の怒りはそのまま呉竹議員への追及に転化された。呉竹議員も抵抗を試みたものの、収賄の事実を示す物的証拠を山ほど押さえられてはぐうの音も出ない。一審二審とも有罪判決が下され、結果的には刑法第１９７条１項、単純収賄の罪で懲役四年の刑と相成った。

もっともこれには後日談があり、県議会最大派閥の領袖が逮捕・送検されると、その後釜に座ったのが沙羅の父親、森見善之助《ぜんのすけ》だった。つまり意図せず、将悟の父親が沙羅の父親を利する結果になったのだ。

辛酸を舐めさせられたもう一人は言うまでもなく祝井健造だ。贈賄の証拠も多く押収され、祝井には反論の余地がない。こちらも二審まで争ったが懲役二年四か月の実刑となった。

そもそも収賄側に比べて贈賄側の罰則は軽くなっており、呉竹議員の懲役四年に対して祝井の二年四か月はいかにも少なく感じる向きがあった。だが、民間企業は一度信用を失うと回復が困難だ。当然のことながら受注は激減し、健造が収監されている間に従業員は半分ほどになった。刑期を終えて出所した健造は先頭に立って遮二無二《しゃにむに》働いたが、かつての業績を取り戻すのに途轍もない労力を費やし、髪の毛が全て白くなったという。

そして迷惑をこうむったもう一人が他ならぬ将悟だった。

呉竹議員と祝井健造が逮捕された翌日、将悟は貢に呼び出された。呼び出された場所は近所の森だったので、既に悪い予感しかない。

「まさか将悟の親父さんにスクープされるとは想像もしなかった」

せめて署名記事で出すなと思ったが、後の祭りだった。

「あの……悪かった」

「お前が謝る必要はない。親父さんが仕事でしたことだし、将悟が無関係なのは知っている」

「そうか」

「でも、もうウチには近づくな」

普段と同様に冷静な口調なのが、尚更堪《こた》えた。

「いくら息子には関係ないと言っても、母さんも妹もお前を決して歓迎しない。それどころか玄関で塩を撒《ま》かれる」

「分かった」

「俺も、今まで通りにはいかない」

「息子は無関係じゃないのか」

「理屈はそうでも感情は別だ。今、親父を警察に持っていかれて有罪判決を食らったら、ウチはどうなると思う」

不意に貢の言葉が尖《とが》った。

「親父が公共工事を受注しようと躍起になっていたのは薄々知っていた。今は民間の受注が減って、ウチの会社も青息吐息だったからな。連日の接待相手は十中八九呉竹議員とその取り巻き連中だと思う。昨夜母さんを問い詰めたら、接待費の総額がとんでもない金額でさ。借金してまでこさえた接待費だった」

「借金してまでって」

「それだけ追い詰められていたと思う。昔みたいな工務店ならともかく、今は百人の従業員を抱える会社だ。従業員本人とその家族を養っていかなきゃならない。親父も必死だった」

聞いているうちに胸が塞がってきた。

「調べたんだ。贈賄罪の法定刑は三年以下の懲役または２５０万円以下の罰金。起訴されてどう裁判が進むか分からないけど、ただでさえ借金塗《まみ》れだから罰金も払えない。親父を三年も懲役にされたら会社を存続できなくなる。ついでに言うと、俺の進路も見直さなきゃならない」

貢は皮肉な笑みを浮かべる。今まで見た中では最も悲愴《ひそう》な顔だった。

「将悟には何の責任もない。頭ではちゃんと理解している。だけどお前を見ていると、顔のかたちが変わるまで殴りたくなる」

一瞬、殴られてもいいと思った。

昔から小さなことでよく喧嘩《けんか》をした。相手の力の強さも殴られる痛みも知っている。殴られただけで貢の気が済むなら安いものだと思った。

「だけど殴らないでおく」

「どうして」

「直接の加害者でもないヤツを殴るのは俺の流儀に反する。お前の顔を変形させたくらいで終わる話でもない」

「じゃあ、俺はどうすりゃいいんだよ」

「言った通りだ。俺にも俺ん家にも近づくな」

「……この先、ずっとか」

「元に戻りたいのは俺も同じだけど、それがいつになるかは分からない。きっと誰にも分からない」

そう言うと、貢は背を向けて森から出ていった。

後には呆《ほう》けたような将悟一人が残された。


事件が報じられた後も知歌と沙羅は貢と一緒だったので、自ずと将悟は三人と距離を取るようになった。

こうして十二月は瞬く間に過ぎ去り、新年が訪れ、門松が取れる頃には否応なく入試シーズンに突入した。

慎太郎から途轍もなく嫌な話を聞かされたのは、ちょうどそんな時だった。

「仙台本社へ転勤することになった」

聞けば社長賞の受賞決定とともに人事異動の内示を受けたのだと言う。

「社長賞受賞と栄転のペアってことね」

母親は我が事のように小躍りする。今の住まいは借り上げ社宅なので、家族帯同に何の問題もない。将悟の志望大学も仙台市内なので都合がいい。

「これで将悟が合格すれば自宅通学できるわね」

「別に独り暮らしさせても構わないがな。元はと言えば、今回のスクープは将悟のお蔭だしな」

「どういう意味だよ、それ」

慎太郎の返事を聞いた将悟は愕然とした。

そもそも慎太郎が祝井健造の贈賄を嗅ぎつけたのは、将悟の話を聞いたのがきっかけだったのだ。「健造が毎晩のように接待に勤《いそ》しんでいる」。傍から見ても〈祝井建設〉の景気は思わしくなく、そんな時期に接待に明け暮れるのは何やら裏がありそうだ。

そこで健造の身辺を探っていると呉竹議員と頻繁に接触していることが分かった。呉竹議員は県内の公共工事において隠然たる影響力を持ち、片や祝井健造は大きな受注を求めている建設業者だ。そうなれば二人の会合目的は一つしかない。

かくして慎太郎は健造から呉竹議員へのカネの流れを摑み、領収書のコピーやら何やらを入手してスクープをものにしたという次第だった。

「お前の世間話が役に立った」

言われた途端、猛烈な吐き気に襲われた。

冗談じゃない。

では祝井家および〈祝井建設〉を窮地に陥れた元凶は自分だったというのか。

「クソッタレ」

将悟はひと言洩らすと、逃げるように自室へ駆け込んだ。

親父のクソッタレ。

俺のクソッタレ。

こんなことなら貢に思いっきり殴られていればよかった。顔のかたちが変わったのなら、少しは罪悪感も紛れたかもしれない。

今更貢にどの面を下げて会えというのか。当分近づくなという言葉は非情でもあり、逆に有難くもあった。

三学期が始まったが、互いに入試に追われている事情もあり、他の三人とは言葉を交わすことさえなくなった。スクープの元ネタが己であるのを知ってからは、会うことを回避するようになった。家では引っ越しの準備も始まり、落ち着く場所さえなかった。

不思議なもので、気分は最悪だったにも拘わらず入試では実力以上の力を発揮できた。将悟はめでたく志望大学に合格し、慎太郎の転勤とともに生まれ育った南三陸町を後にした。

三人もそれぞれ希望通りの進路に決まったと人伝《ひとづて》に聞いたが、声を掛けるのも憚られて、結局は別れの言葉一つ交わさなかった。

一家揃って仙台市に転居したものの、将悟は独り暮らしを決めてアパートを借りた。口には出さなかったが、父親と同居するくらいなら公園で寝泊まりする方がましに思えたのだ。

幼馴染みとも家族とも決別した生活は孤独だったが、気楽でもあった。やがて学内に親しい友人ができ、南三陸町での出来事はほろ苦い記憶となって意識の底に眠った。

記憶を叩き起こされたのは二〇一一年三月十一日、十四時四十六分のことだった。

宮城県警本部の庁舎にいた蓮田は突如として大きな震動に襲われた。

ぐらりと緩慢な揺れの後、立っていられないほどの横揺れが長く長く続く。天井の蛍光灯も千切れんばかりに揺れ、キャビネットの扉は開き、机の上の備品と書類はほとんど吹き飛び、遂にはキャビネット自体が倒れてきた。けたたましく地震警報が鳴り響き、天地が逆転するのではないかと慄《おのの》いた。

十分も続いたかと思ったが、実際には三分間ほどの揺れだった。

被害状況を調べろ。

班長の指示で周囲の人的被害を確認した後、フロアのモニター電源を入れた。

我が目を疑った。

地震による建物被害も然ることながら、東日本の湾岸を襲った津波被害はこの世のものとは思えないほどの凄まじさだった。

「何だ、これ……」

誰かの呟きはその場に居合わせた者全員の思いを代弁していた。

波ではなく巨大な壁となった海が沿岸部の街を襲う。沖合にあったはずの船舶が道路に流れつき、車両がオモチャのように浮かぶ。やがて津波は建物の一階部分にまで浸水し、基礎ごと流し去る。マイクが拾う音には激流と倒壊の音とともに、確かに悲鳴らしきものが混じっている。

安否確認を許されたので仙台市内の実家に電話をする。まず母親の無事が確認できた。母親の話では慎太郎からも安否確認の電話があったというから、父親も大丈夫なようだ。

各地の被害を映し出すモニターは、やがて南三陸町歌津地区の惨状を晒した。

『ただいま津波がきています。海岸付近には絶対に近づかないでください』

町の広報にサイレンが重なる。だが海から襲来した黒い波は既に第一防波堤を越え、住宅地を呑み込んでいた。水煙か土煙が波間から立ち上る中、ウミネコの鳴き声だけがいやにはっきりと聞こえる。

次の瞬間、蓮田は腰を抜かしそうになった。

カメラが大写しにしているのは見覚えある歌津大橋だ。東西を走る歌津大橋は住宅の二階部分より高い位置にある。ところが有り得ない光景がそこにあった。岬の反対側から回り込んだ波が歌津バイパスを伝って橋の上に流れてきたのだ。上下から襲われた住宅地はひとたまりもない。電柱が薙《な》ぎ倒され、ほどなくして建物も押し潰された。じきに橋自体も波の下に消えた。

『山に逃げろ』

『小学校が。公民館が』

だが押し寄せた波よりも引き波の勢いの方が凶暴だった。第一波で破壊された建造物を根こそぎ海の向こうへ奪い去っていく。

モニターを食い入るように見つめながら、蓮田は机に両手を突いて全身を支えていた。そうでもしなければへなへなと床に崩れ落ちそうだった。

庁舎内の片付け作業や被災者誘導の日々が始まった。同僚の中には家族を失った者も少なくなく、それでも公務に身を投じる姿は見ていて痛々しかった。同時に、家族も財産も何一つ失わなかった我が身をひどく後ろめたく思った。

壊滅状態となった南三陸町の状況が気懸《きがか》りだった。身元の判明した死亡者情報は警察で取り纏められる。蓮田は連日記録に目を通し、三人の名前がないのを確認して胸を撫で下ろした。だが貢の母親と妹、知歌の両親、沙羅の母親は還らぬ人となっていた。

三人に連絡をしようとしたが思い留まった。彼らにどんな慰めの言葉を掛けていいのか分からない。いや、そもそも自分の弔意など彼らが受け容れてくれるかどうかも疑問だった。

追悼と被害状況の確認、被災者の誘導と整理、各行政機関との連絡、瓦礫《がれき》の撤去。その間にも大小様々な事件が発生し、蓮田たちも昼夜を問わず働き続けた。

南三陸町に残った三人とは、遂に話さずじまいだった。

3

『困ってるんだよ、大原さん』

皆本老人から電話が入ったのは今から三十分前のことだ。おそらく近くに人がいたのだろう。助けを呼ぶ口調もどこか遠慮がちだった。昼日中《ひるひなか》から酒に溺れるような老人だが、だからこそ芯はそれほど強くない。家も家族も失って、その傾向はより顕著になったのではないかと知歌は考えている。

初めて会った時、皆本老人はひどく怒りっぽい性格に思えたが、話しているうちにそれも寂しさからくる反動だと知った。独身者で飲酒癖のある人間の多くは気が小さいというのが知歌の意見だ。

吉野沢仮設住宅に到着すると、見慣れぬ車両が目に止まった。ドアには〈シェイクハンド・キズナ〉の法人名が躍っている。

皆本宅に足を踏み入れるとやはり先客がいた。

「誰ですか、あんた」

知歌に無遠慮な視線を投げてきたのは四十代と思しき男だった。

「皆本さんの担当で、〈友&愛〉の大原と言います」

「〈友&愛〉って何かの会社ですか」

「NPO法人です。被災された方のケア全般を請け負っています」

「奇遇ですね。こっちもNPO法人でしてね。〈シェイクハンド・キズナ〉の板台《ばんだい》です」

法人名を聞いた途端、知歌の警戒心が発動した。

「皆本さんに何かご用ですか。ケアサービスならウチが以前から行っていますけど」

「災害公営住宅への移転のお世話もサービス内容に入っていますか」

「特に斡旋《あっせん》してはいません」

「それなら、ちゃんと棲《す》み分けができる。僕たちは被災者第一主義で、よりよい住まい、よりよい未来を提案する団体なんですよ」

板台の口上はまるでセールスマンのそれで、とてもＮＰＯ法人の職員とは思えない。これまでの経緯を確認するべく、知歌は皆本老人に向き直る。

「皆本さんは公営住宅に移りたいんですか。前回はそんなことひと言も」

「俺だって嫌だよ」

皆本老人は不貞腐《ふてくさ》れたような声で知歌に縋ってくる。言葉は素っ気ないが、知歌が到着するまで執拗に勧められていたことを窺わせる。

「本人はこう言ってますけど」

「そりゃあ、本人はぐずりますよ。お年寄りは変化を嫌いますからね。でもいつまでも仮設住宅に住み続ける訳にはいかない。決断が遅れれば遅れるほど住まいの条件は悪くなります。多少は本人の意思を無視してでも移転を進めるのが、結局は本人の幸福に繋がるのですよ」

「取りあえずお引き取り、お願いします」

知歌は努めて冷静に言う。

「そちら様の活動内容がどうであれ、本人の意思に反することを一方的に押し付けるのは強要に過ぎません。これはＮＰＯ法人の義務違反に抵触しませんか」

不意に板台の表情が強張る。認定法人等としての義務違反があった場合には、所轄庁は認定等を取り消すことができる。ＮＰＯ法人には最も痛い処分だ。

「義務違反ですか。どうやらあなたとは相当に認識の相違があるみたいですね」

板台は無遠慮に知歌の腕を摑んだ。

「お互いの理解を深める必要がありますね」

持って回った言い方だが、翻訳すれば『表に出ろ』という意味だ。

「皆本さん、少しの間だけ中座します」

知歌は板台とともに外に出る。いくらこちらの主張が正しくとも、皆本の目の前で醜悪なやり取りはしたくない。

建機の機動音が飛び交う中、板台は先ほどとは打って変わって粗雑な口ぶりになる。

「大原さんだっけ。こっちの邪魔、しないでもらえないかな」

イントネーションを聞く限り、東北の人間ではなさそうだった。

「邪魔も何も、皆本さんが嫌がっていることを強引に進めるのは問題があります」

「でも、災害公営住宅への移転と仮設住宅の撤去は既に決定事項でしょうが。さっきも言ったけど、本人の気持ちなんて無視して話を進めないと、本人だけじゃなく関係各所全部が面倒になるよ」

「それ、本当に皆本さんを思ってのことですか」

「本人の意向は関係ないって言ってるでしょ」

板台は今更という口ぶりで知歌を嗤う。

「行政が決めたことに従うのは国民の義務っスよ」

「それにしたって、本人が納得するまで説得し続けるのが筋というものでしょう」

「いちいち筋なんか通していたら物事は一歩も進みはしませんよ」

「あなたたちはそうかもしれませんね」

知歌は皮肉を込めて言い放つが、板台に伝わっているかどうかは分からない。分からないが、言ってやらなければ気が済まない。

〈シェイクハンド・キズナ〉の悪名は宮城県内ばかりか業界内に普《あまね》く知れ渡っているが、職員と直接顔を合わせるのは初めてだった。

NPO法人〈シェイクハンド・キズナ〉の設立は阪神・淡路大震災直後だと聞いている。被災地で意気投合した有志者が設立メンバーとなったが、その時点でいい評判はなかったらしい。

災害ボランティアには「自己完結」「自己責任」「被災地・被災者への配慮」「多様性の尊重」の四つ以外に専門性が求められる。たとえば医学的な知識や介護に関するノウハウ、そして現場処理能力の有無だ。怪我人に最適な処置を施せるのか。精神が不安定な被災者に適切なカウンセリングができるのか。瓦礫だらけの現場をいかに効率よく整えることができるか。言い換えればノウハウも体力も要領よさも備えていない素人が被災地に足を踏み入れても足手まといになるだけで、はっきり言って迷惑でしかない。

ところが〈シェイクハンド・キズナ〉に被災者援助のスキルを有している者は一人も存在していなかった。それどころか被災者と他のボランティアの支障にしかならなかったのだ。

曰く軽装備で被災地に踏み入り、散乱していたガラス片や瓦礫で怪我をして被災者を押し退けて医師の世話になった。

曰く気の合ったボランティア同士でキャンプファイヤーをし、その後片付けすらしなかった。

曰く被災地に無料の宿泊所や食事を要求した。

曰くボランティア日記なる動画投稿をし、その再生回数で得た広告料を全額自分の懐に収めた。

曰く現場に入るなり評論家気取りで役所の方針を批判し、勝手な指示を出して現地スタッフを混乱させた。


素人集団が被災地を訪れたところで百害あって一利もない。人生経験を積んでいるとか社会的地位が高いとかも何ら意味がない。知歌自身被災者になった経験があるので知っているが、スキルがないにも拘わらず現場に出掛けたがるボランティアの多くは自己顕示欲丸出しのヒーロー気取りか、承認欲求全開の世間知らずだ。自分が主人公のドラマを夢想した言動を取り、無理やり現場をコントロールしたがる。しかも、こういう迷惑者に限って自分の食糧や寝具を用意していないので却って被災地に迷惑を掛ける。そもそも土地勘もなく詳しい事情も分からない者が突然後からやってきて偉そうに指図をするという光景は醜悪ですらあるのに、当の本人は全く気づいていない。

〈シェイクハンド・キズナ〉は設立当初から、そうした批判を浴び続けてきた。別の言い方をすれば設立から二十年以上経ってもまるで改善されていないことになる。業界内の悪評は元より関係各所からの苦情や非難を浴び続けても尚、旧態依然としていられるのも驚きだが、〈シェイクハンド・キズナ〉の存続を許している監督官庁にも呆《あき》れるばかりだ。

もっともNPO法人の認定を取り消されるには次の条件が必要となる。
1　偽りその他不正の手段により認定、特例認定、認定の有効期間の更新又は合併の認定を受けたとき。
2　正当な理由がなく、所轄庁又は所轄庁以外の関係知事による命令に従わないとき。
3　認定NPO法人等から認定又は特例認定の取り消しの申請があったとき。
つまり〈シェイクハンド・キズナ〉は前項に挙げた条件を巧みに躱《かわ》し続けたという言い方もできる。

その問題あるNPO法人が皆本老人に接触を図る理由は何なのか。

「皆本さんの口ぶりでは、本人が望んで〈シェイクハンド・キズナ〉に相談したようには思えませんけど」

「隠れた要望を引き出すのも非営利団体の務めですよ」

「大変失礼ですが、それは営利企業のお題目じゃありませんか」

「相手が欲するものを提供するという点では営利団体も非営利団体も変わりない」

知歌を小馬鹿にしたような物言いだった。

「何だか〈シェイクハンド・キズナ〉が営利団体みたいな言い方ですね」

「ものの喩《たと》えですよ」

板台の顔に一瞬だけ狼狽《ろうばい》が走ったのを、知歌は見逃さなかった。悪名高き〈シェイクハンド・キズナ〉のことだ。非営利団体の皮を被りながらカネ儲けを企んでいたとしても不思議はない。

非営利団体だからといって利益を追求していけない訳ではない。ただしその利益は活動資金等として運用されるべきであり、仲間内や出資者に還元されるものであってはならない。

知歌は更に警戒と疑念の度合いを強くした。

「とにかく皆本さんを困惑させるような真似は慎んでください。仮設住宅に住む被災者は、ただでさえ不安に苛まれているんですから」

「不安に苛まれているのは大原さんの方じゃないんですか」

「どうしてわたしが」

「被災者たちが災害公営住宅へ移転し、生活に何の不安も感じなくなったら、あんたたちの仕事がなくなっちまうからな。仕事がなくなれば、あんたたちの存在意義も薄れる」

自分の仕事は被災者のケアなので、必要とされなくなるのはむしろ望ましいことだと思っている。だから板台の言葉には違和感しかない。

「あなたたちはボランティアを何だと思っているんですか」

「全ての商売には売るものがある。ボランティアの場合は〈善意〉だろうね」

「あなたたちとはボランティアに対する考え方が全く違うみたいです」

「当然でしょう。人が百人いれば百通りの考え方がある」

「皆本さんに公営住宅への移転を強要するのはやめてください」

「強要じゃなくて自発的に移転したいと言わせれば文句はないでしょう」

板台は冷笑を浮かべて一歩退く。

「お互い、商売の邪魔はなしにしましょうや」

そう言うと、背中を向けて立ち去っていった。


事務所に戻るとチーフの桐原《きりはら》あかねが待っていた。

「お疲れ様。皆本さん、どうだった」

「別のNPO法人から言い寄られていました」

知歌が詳細を報告すると、桐原は不快さを隠そうともしなかった。

「選《よ》りに選って〈シェイクハンド・キズナ〉かあ。皆本さんも、とんでもない団体に目をつけられたものよね」

「迷惑系NPO法人の代名詞ですものね。NPOの活動を商売と言いきった時には、ちょっと呆れました」

「NPO法人を隠れ蓑《みの》にして私腹を肥やそうってヤツは少なくないけどね」

悲しいかな、桐原の言うことは本当だ。震災被災者支援の名目で集めた寄付金を私的に流用する者、社会貢献を錦の御旗に若い労働力を搾取する者など、数え上げればきりがない。

「善意とか社会貢献とかは響きがいいから人が集まりやすい。人が集まるところには悪党もやってくるのは道理だしね」

「でも少し腑《ふ》に落ちない点もあります。〈シェイクハンド・キズナ〉は精々《せいぜい》周辺や関係各所に迷惑を掛けるだけの存在だったはずですけど、それが急にカネ儲けを口にしたのは何故だろうかと思って」

　すると桐原は合点がいったように頷いてみせた。

「大原さん、例の噂話を聞いたことないの。〈シェイクハンド・キズナ〉が危ない領域に足を踏み入れているって話」

「いいえ」

「今まで好き勝手やってきたけど、法人収入だけじゃ組織の運営も難しくなってきたらしい。まあ当然よね。全国からの寄付金もここ数年は乏しくなっているのに、理事たちが豪遊をやめようとしないから相当に運営が厳しくなっているみたい。でも、今までやってきたお大尽暮らしが忘れられず、さりとてＮＰＯ活動を急に収益化する方法も知らない団体がどんなことを考えるか」

「碌な話じゃなさそうですね」

「噂を信じれば最悪な選択。〈シェイクハンド・キズナ〉の代表は知ってるよね」

「確か春日井仁和《かすがいよしかず》という人ですよね」

　春日井という人物は悪しき意味で〈シェイクハンド・キズナ〉を体現しているような人物だった。阪神・淡路大震災でボランティアに目覚めたと吹聴しているが、やっていたことと言えば救助活動を妨げ、同様の押しかけボランティアとともに飲み食いし、下手なギターをかき鳴らしていただけだ。そういう男の設立したＮＰＯ法人が寄生虫体質になるのは、むしろ当然の成り行きだった。

　一度だけネットニュースで春日井のインタビュー記事を読んだことがある。でっぷりと肉のついた身体にアルマーニを着込み、NPO法人代表というよりも胡散臭い山師のように見えたのを憶えている。インタビューに答えた内容も空々しく、自分には水難救助の経験があることをアピールするのに終始し、被災者の気持ちに触れた言葉は一切なかった。

「仙台市内の歓楽街で、その春日井さんと暴力団の幹部が連れ立って歩いているのを目撃した人がいる」

「本当ですか」

「まだ業界内の噂レベルで、嗅ぎつけているマスコミはいないらしいけどさ。それが真実なら、〈シェイクハンド・キズナ〉はただの迷惑系から反社会的勢力に格下げ、いや、この場合は格上げかな。そういう団体に変貌したってこと。暴力団と仲良くなれば、当然収入を得る手段も非合法になる。まあ、ぐうたらな生活を続けていたら碌なものにならないというい見本よ」

「具体的に非合法な行為をしているという噂があるんですか」

「それはまだだけどね。ただ別の噂もあってさ。皆本さんたちが頑張っている仮設住宅、撤去後はどうなるか知ってる？」

「何か建つとは予想つくんですけど」

「何が建設されるのかは分からないけど、高台の、あれだけ広い敷地はそうそう見当たらない。仮設住宅を建てたような場所だから安全性も担保されている。物件としても魅力的だけど、大規模な再開発をするとなったら大手ゼネコンや地元の建設業者はずいぶん儲かるでしょうね」

「皆本さんを仮設住宅から追い出したいのは撤去を早めるため、という訳ですか」

「早い話が地上げよね。しかもこの場合、撤去と移転は国の方針だから大義名分がある。地上げはどこに知られても恥ずかしくない正当な事業になる」

「身寄りのないお年寄りを、知った顔のない集合住宅に無理やり押し込むことが正当な事業なんでしょうか」

「皆本さん本人やわたしたちボランティアは憤懣《ふんまん》遣《や》る方ないけど、被災地の復興を願っている人たちには朗報になるでしょうね。吉野沢に新しい住宅が立ち並んで人が戻れば、宮城県復興のシンボルになるかもしれないし。そのために被災者数人が孤独死に追いやられても、誰も気にしない」

　喋りながら桐原は口惜しそうに唇を噛む。普段からペシミストのような言説を口にする人間だが、一方では誰よりも被災者の行く末を案じている。そんな彼女には、憶測とはいえど吉野沢の再開発に対しては複雑な心境なのだろう。

「今わたしが言ったことはどれも証拠のない話だけど、〈シェイクハンド・キズナ〉が関わっているなら、どんなにキナ臭い話も充分にあり得る。悔しいのはねえ、皆本さんたちやわたしたちが抵抗したところでどうしようもないってことなの」

　被災地の復興は政府の方針であるばかりではなく、国民の総意と言っていい。撤去される瓦礫、誕生する新しい街、戻ってくる住民、甦る賑《にぎ》わい。どれもこれも活気に満ちた事象だが、新しいものが生まれる陰にはいつも破壊と消滅がある。そして大抵の者は消え去るものを歯牙にもかけない。

自分たちが抵抗してもどうにもならないと桐原は言う。だが知歌は納得できずにいる。国の方針だろうと大義名分であろうと、美名の下にささやかな願いが駆逐されていいとは思えない。ささやかな願いすら聞き届けられずに何が復興かとも思う。

「とてもじゃないけど納得できないって顔ね」

「すみません」

「いいのよ。そういうところがいかにも大原さんらしい」

桐原は鷹揚に頷いてみせる。

「割り切れない気持ちはわたしも同じ。だからという訳じゃないけど、吉野沢の仮設住宅には皆本さん以外にも二世帯が残っているんでしょ。今後は三世帯全部に目を配らなきゃいけなくなるね。もし〈シェイクハンド・キズナ〉が少しでも違法行為に及んだら、すぐに通報してやる。わたしたちができる抵抗なんてそれくらいなんだけどさ」

「充分だと思います」

知歌は力強く応えた。

4

元より捜査会議は緊張するものだが、それでも三回目に至っても目ぼしい物的証拠が上がらなければ士気も上がらない。東雲の眉間の皺《しわ》は回を追う毎に深くなる一方だった。

高級外車のものと見られるタイヤ痕については分析が続いているが、未だ車種や所有者の特定には至っていない。

東雲が指示した地取りと鑑取りも成果と呼べるほどの実績は上げていない。

「これだけ人数が揃っていて新規の情報は皆無か」

東雲が部下に愚痴をこぼさない上司であるのは、ここにいる全員が承知している。東雲の焦燥ぶりは推して知るべしだろう。

「この際、担当を問わない。新証拠の発見、もしくは容疑者特定に繋がる情報があれば報告するように」

何やら名指しされたような気がして、蓮田は笘篠を窺い見る。ややもすれば笘篠は独断専行に走りがちな部分があり、重要な手掛かりを会議に上げなかった前歴もある。おそらく東雲も忘れていないだろう。

ところが当の笘篠は知らぬ存ぜぬという顔で雛壇の東雲を眺めている。熱気の感じられない視線は、傍目には冷めたように映るが、もちろんそうでないのは蓮田もよく知っている。

蓮田の個人的な事情も手伝い、ここしばらくは別行動を取っているので笘篠がどこで何を調べているかを十全に把握していない。従って蓮田もまた、笘篠が情報を秘匿しているのではないかという疑念を捨てきれない。

だが笘篠に疑心を抱いた直後、蓮田は己も知歌や関係者から仕入れた情報を報告していないことで忸怩《じくじ》たる思いに囚われる。直接は事件に関係なさそうだからという言い訳も立つが、全てを開示しない点では笘篠と変わりない。

「鑑取りの範囲を広げよう。被害者掛川勇児の学生時代まで遡り、人間関係を徹底的に洗う」

鑑取りは自分と笘篠に振られた役目だ。蓮田が頷こうとした寸前、笘篠が挙手した。

「学生時代の交友関係には既に着手しています」

「そうか」

笘篠の言葉に東雲は出鼻を挫《くじ》かれたようだった。

「進捗《しんちょく》状況はどうだ」

「思わしくありません」

笘篠の言葉には遠慮会釈もない。

「掛川勇児は地元の吉野中学校および吉野広陵高校を卒業していますが、いずれの学校のクラスメイトも大半が被災しています。存命している者は半数しかおらず、しかもその多くが県外に転居しており、未だ連絡がつきません」

席上に重苦しい沈黙が下りる。同じ被災地であってもひときわ甚大な被害をこうむった地区ではこうした現象が少なからず存在する。天災が理由とは言え、何故東北だけがこうも特殊事情に振り回されなければならないのか。重苦しい沈黙の正体は、理不尽さに対する憤りに他ならなかった。

「捜査は継続しています」

笘篠は場の雰囲気を一顧だにせず言葉を継ぐ。

「しかしながら現状は対象者探しに終始している段階を了承してください」

今更ながら笘篠の老獪《ろうかい》さに舌を巻く。東雲の思惑を読み切った上で、当面は口出しできないように機先を制している。刑事としての有能さは誰しも認めるところだが、組織に対する忠誠心のなさが評価を二分させている。

「事情は認識している。継続して、早急に報告を纏めろ」

管理官としてはそう締めるしかないだろうと思った。

会議が終わると、早速笘篠が声を掛けてきた。

「ちょっと付き合え」

「どこにですか」

「遠い場所じゃない」

黙ってついていくと、笘篠は庁舎出口ではなく別フロアに移動する。

「笘篠さん、ここって二課のあるフロアじゃないですか」

蓮田の声を無視して、笘篠はずんずんフロアを突き進んでいく。やがて辿り着いたのは捜査二課の部屋だった。

「笘篠」

それまで分厚いファイルに目を通していた男が気配に気づいた様子で顔を上げる。

「今、いいか」

「帳簿を読んでいる最中だ」

「見れば分かる」

男は忌々しそうに舌打ちをすると、蓮田に視線を向けた。

「お前の相棒か」

「蓮田だ。こっちは二課の伊庭《いば》」

蓮田が一礼すると、伊庭は胡散臭げに返してみせた。タメ口を利いているので、歳も階級も笘篠とさほど違わないのだろう。

蓮田は伊庭と初対面だった。同じ刑事部であっても捜査一課と二課が合同で捜査にあたることは稀《まれ》だ。そもそも二課は詐欺、横領などの知能的犯罪や選挙犯罪等の捜査を担当するため、人の動きよりもカネの動きを追うことが多い。自ずと足で証拠を探すのではなく帳簿類から手掛かりを見つける。フィールドが違えば、接触する機会が少なくなるのは当然の理だった。

「で、人の仕事を中断させていったい何の用だ」

「十五日、南三陸町吉野沢の仮設住宅で役場の職員が殺されている」

「その事件は知っている。だが二課の出る幕じゃない。被害者が詐欺や横領に手を染めていたというなら話は別だが、こっちにそんな情報は下りていない」

「被害者についての鑑取りは俺たちがやっている。確かに被害者掛川勇児が役場のカネをどうこうしたという証言も噂も聞いていない」

「話が見えん」

「人の問題じゃない。場所の問題だ。仮設住宅絡みでお前の担当している事件はないか」

俄に伊庭の表情が奇妙に歪む。

「鑑取りで何も出なかったから、場所に目を付けた訳か。視野が広くて結構だな」

「茶化す前に答えろ」

「まだ疑惑とも呼べないレベルで事件にもなっていない。せいぜい噂だぞ」

「噂ならいくら話したところで支障はあるまい」

「……同僚相手にそんな交渉をするから嫌われるんだ」

「別に好かれたいとは思っていない」

「立っていられると目障りだ。二人とも座れ」

笘篠と蓮田は手近にあった椅子を引き寄せ、伊庭の正面に座る。ただし話し相手はもっぱら笘篠の役目になる。

「吉野沢の現場に行ったのならロケーションも堪能しただろう」

「港から一キロ離れた高台の住宅地で眺望良好だった」

「津波に攫《さら》われた部分は危険区域として居住禁止になっている。別の言い方をすれば、仮設住宅の建っている高台は国が安全と認めた一等地という訳だ。現在、仮設住宅から公営住宅への移転が進んでいるが、住民の移転と建物の撤去が終わった後、あの更地はどうなると思う」

「南三陸町の議事録を閲覧する限り、まだ具体的な計画は発表されていないみたいだが」

「正式な発表を待つまでもない。国が保証する一等地を更地のまま放置しておくもんか。国の復興予算を分捕《ぶんど》ってでも再開発に着手するだろうさ。最新の耐震構造を備え、二十メートル級の津波にも呑まれない新興都市。そのお題目なら予算を引っ張ってこれるし、大規模再開発でヒトもモノも呼び寄せることができる。雇用創出、人材不足の解消、地域の発展といいことずくめだ」

「含みのある言い方だな」

「カネとヒトの集まるところには欲と色も集まる。復興に関わる公共事業だから、旗振りは国だが許認可や入札に関しては各自治体が取り仕切ることが多い。大型公共工事となれば大手ゼネコンにノウハウがあるように思われがちだが、こと震災復興については地元業者に目がない訳じゃない」

「談合か」

「それも含めてだ。随意契約でいくなら業者との間に癒着が生じる。競争入札にしたところで事前に入札価格が分かれば商売相手を出し抜ける。いずれにしても跡地の再開発が公になる前から実弾が飛び交うのは目に見えている」

伊庭の口ぶりから彼が狙っているのは贈収賄であることが窺える。

ただ相手構わずに賄賂を渡しても直ちに罪が成立する訳ではない。贈賄罪の成立には次の三つが構成要件となる。
・贈賄の相手が公務員であること
・公務員への贈賄が職務に関していること
・行為として「供与・申し込み・約束」があること
贈賄罪が成立するのは贈賄の相手が公務員の場合が原則であり、更にその公務員が『職務に関している』ことが必要だ。たとえば利害関係のない公務員に対して贈賄しても賄賂としての性質がなく、贈賄罪は成立しないことになる。

　つまり公共工事に関わる県議会議員や県職員といった公務員に金品が渡った時点で、ようやく贈収賄が成立するのだ。それまでは様子見だと、伊庭は言いたいらしい。

　だが笘篠は納得する素振りを見せなかった。

「続きを話せ」

「噂はここまでだ」

「ただの噂にしては妙に信憑性のある話し方だ。計画が大っぴらになっていないにしろ、現時点で何人かの役人かいくつかの建設業者に目をつけているんじゃないのか」

「本当に嫌なヤツだな」

「自覚している」

「自覚しているから余計にタチが悪い。まあ、いい。特定の何人かに注目しているのは確かだ。ただし現時点で誰も目立った動きはしていない。おそらく活発になるのは県議会で今後の再開発についてが公になってからだろうな」

　二人のやり取りを横で聞いている蓮田は内心冷や汗ものだった。

　公共工事に関わる県議会議員。

　震災復興の公共工事に関わる地元建設業者。

　二つの言葉を並べると、直ちに森見議員と貢の顔が浮かんでくる。二人は贈収賄どころか義父と婿の間柄だ。公共工事による利益を我がものとするのに、これほどうってつけの組み合わせはない。既に何人かに注目しているとのことだが、果たして伊庭の頭の中に森見義父子の名前はあるのだろうか。

あるに違いない、と蓮田は判断した。婿の実家が建設業という関係の二人を、名にし負う捜査二課が見逃すはずもない。

「だがな、笘篠。殺害されたのは許認可に何の影響も及ぼさない、いち職員だろう。今の話がためになるとは思えん」

「知って損になることは、あまりない。礼を言う」

笘篠はそれだけ言うと立ち上がり、さっさと去っていく。蓮田も慌てて立ち上がり、伊庭に頭を下げる。

「どうもありがとうございました」

「ほう、あいつと違って礼儀は弁《わきま》えているようだな」

「伊庭さんは笘篠さんと長いんですか」

「同期だ。あいつが本部にくる前から知っている」

「昔からあんな風だったんですか」

「違うな」

不意に伊庭の目が懐かしげに緩む。

「所轄にいた頃はまだ協調性があった。他人に無理を強制することもなく、上長の指示は直立不動で聞いていた」

「まるで別人の話を聞いているみたいですね」

今とはずいぶん違う、という言葉は呑み込んだ。

「震災後だろうな。変わったのは」

伊庭の指摘には同情的な響きがあった。

「あまり笑わなくなった。まあ当然かもな。それに組織や上司への敬意が薄れたように見えた」

笘篠は津波で妻子を失っている。詳しい事情も心情も本人から聞いたことはないが、性格が変貌するような出来事であったのは容易に想像がつく。

思えば、長らくコンビを組んでいる笘篠と距離を感じる理由の一つは被災経験の有無なのだろう。知歌たちに対しても同じだが、大切なものを失った者と何も失わなかった自分との間には深くて暗い溝が横たわっている。

「ただし、あいつが変わったのは震災の影響だけじゃなさそうだ」

伊庭は気になることを口にする。初対面である蓮田にこれだけ話そうとするのは、笘篠に関心がある証拠だろう。

「組織に長くいると、人間というのはふた通りに分かれるものらしい。ひたすら従順で行儀のいい兵隊か、絶えず命令を疑い己の信条にのみ従うはぐれ者か」

なるほどと思った。

はぐれ者というのは、笘篠に似つかわしい称号だった。はぐれ者ならではの視野、組織に懐疑心を抱く者ならではの行動原理が笘篠にはある。

二課の部屋を出て笘篠を追いかける最中、では自分はどうなのだろうと蓮田は自問する。

これまで己は任務に忠実な警察官だったと自負していた。意に沿わぬ命令も感情に逆らう指示も甘受してきた。だが今回、知歌から得た情報や森見議員と貢について何一つ報告していない。万が一、旧友たちが事件に関与していた場合には背任を疑われかねない状況だ。

無関係であってくれと願う一方、己の警察に対する忠誠心が予想以上に希薄であったことに驚く。まさか感傷が職業倫理に浸食してくるとは予想だにしなかった。

ようやく笘篠に追いついた蓮田は、横に並ぶなり問い掛けた。

「掛川が殺害されたのは再開発絡みだと、ずっと考えていたんですか」

「鑑取りをしても、掛川勇児を個人的に恨んだり憎んだりするような人物は遂に浮かんでこない。彼の肉親は妹のみ、職場で犬猿の仲だった同僚もいない。第一、殺害現場は彼が仕事上訪れていた仮設住宅だ。断言はできないものの、掛川は仕事上のトラブルに巻き込まれた可能性がある」

「でも、彼は一般職員ですよ。業者から賄賂を受け取るような立場にはありません」

「トラブルがカネ絡みとは限らない。それを踏まえた上で動機の範囲を広げる必要があると思わないか」

「そうなると南三陸町役場以外にも県議会、地元の不動産業者や建設業者にも訊き込みをする必要が出てきます。石動課長に援軍の要請をしますか」

「県議会を相手にするなら二課に協力を要請しなきゃならない。現状は疑惑とも呼べないレベルの話だ。課長が快諾すると思わない方がいい。それよりはタイミングを見計らって捜査会議でぶつけた方が効果的だ」

課長の承諾を待っている余裕はないという意味だ。捜査会議には刑事部長も管理官も出席する。課長の頭越しに話を進めるには一番効果的だろう。ただし課長から睨まれる覚悟をしなければならない。

「地元の不動産業者や建設業者に関しては、大規模な公共工事を扱えるようなところは多くない。今の段階なら俺たちで充分だろう」

事もなげに言って、笘篠は歩き続ける。いったん方針を決めてしまえば後は突き進むだけ。迷ったら立ち止まり、引き返して再考する。単純で初歩的だが、実行できる者は多くない。笘篠に実績があるのはそれ故なのだろう。

笘篠の態度は見習うべきだと分かっているが、一方で蓮田は恐慌を覚える。地元で大規模な工事を扱える業者となれば、自ずと貢の実家である〈祝井建設〉がリストに挙がってくるに違いない。

まだ殺人の動機や背景も不明なので、貢の存在を口にしていない自分が責められる謂《いわ》れはない。だが、疎遠になっていた貢と笘篠を対面させることに形容しがたい不安があるのも確かだった。

貢と一対一で会わなければならないと思った。

三　公務と私情

非番の日に個人的な理由で捜査する日がくるとは夢にも思わなかった。しかもかつて住んでいた場所で。

1

蓮田は南三陸町志津川地区を訪れていた。高校を卒業してから一度も帰っていなかったが、記憶にある故郷の姿はまるで一変していた。

志津川地区は国道45号線を中心に志津川に面する町だ。小規模店舗が多いが買い物となると町外への依存度が高く、蓮田がいた頃から人口の減少が始まっていた。

この辺りは津波の直撃に見舞われた場所であり、一般住宅はもちろん地域の基幹病院だった志津川病院をはじめ、警察署、防災対策庁舎などの公共施設が根こそぎ破壊された。貢たちと通っていた頃、通学路沿いには個人経営の書店や文房具屋、駄菓子屋、パン屋、食堂などが軒を並べ、よく店先で時間を過ごしたものだ。知歌はファンシー・グッズに目がなく、新製品が発売されるとしばらくその前から離れようとしなかった。沙羅は読書家だったので別段買う本がなくても書店に寄り道をした。貢は真冬にアイスクリームを舐めるのが好きで、蓮田たちに無理に勧めるものだから引かれた。

だが、あの文房具屋も書店も駄菓子屋も今はない。更地であったり、月極駐車場であったり、別の店舗が建っている。

そこは故郷であるにも拘わらず見知らぬ町だった。

蓮田は無常感を抱いたままかつての通学路を歩き続ける。

以前、警察署からさほど離れていない場所に五階建ての集合住宅があり、蓮田は両親とそこに住んでいた。借り上げ社宅だったが十余年も暮らした家だからそれなりの愛着や記憶があった。

その集合住宅が今や影もかたちもない。

基礎部分のみの惨めな骸《むくろ》を晒している。蓮田一家が退去した時点でかなりの築年数が経っていた。いかに鉄筋コンクリート造りといえども、あの凶暴な津波の前では為す術もなかっただろう。

蓮田たちの生活の跡も建物と一緒に流されていった。

甘酸っぱい感傷もなければ自分の足跡もない。あるのは虚《むな》しさだけだった。

蓮田は基礎部分に向けて手を合わせると、踵を返してその場を去る。自宅跡に立ち寄ったのは単なる思いつきだ。志津川地区を訪ねた主目的は別にある。

貢が婿入りした森見家は保育園の前を通り過ぎ、表通りから一つ裏に入った場所にあるはずだった。当時から立派な屋敷で、小中学生の頃はそうでもなかったのだが、高校生になってからは敷居が高いように感じて近寄らなくなった。

果たして当該の場所に記憶の森見宅はなかった。建物の外観も門扉も別物の家が建っている。以前の家は沙羅の母親ともども津波に流されている。元通りになっているはずもない。

だが門柱に立てかけられた看板でやはりと思った。〈県議会議員　森見ぜんのすけ事務所〉とある。

蓮田は近くに寄って門柱の表札を確認する。

〈森見善之助
　貢
　沙羅〉

ここが森見宅に違いなく、被災した後に建て替えたらしい。森見の表札に貢の名前があるのは妙な気分だった。

「宮城県警の蓮田と申します。ご主人はいらっしゃいますか」

インターフォンで来意を告げると『えっ』という驚きの声が返ってきた。玄関ドアが開けられたのは、ものの数秒後だった。

「将ちゃん」

沙羅は心底驚いたように細い目をいっぱいに見開いていた。女は変わると言うが、十四年経ってもどこか野暮ったい服装は昔のままだ。

「久しぶり。でも、どうして。元気だったの。さっき宮城県警って言ったよね。警察の仕事で来たの」

矢継ぎ早に質問され、蓮田は言葉を挟む余地もない。

「待った。全部話すから、ちょっと落ち着け」

「あ、ごめんなさい。とにかく上がって」

招かれて蓮田は敷居をまたぐ。当然ながら中の様子も以前とは全く違う。

「家、建て替えたんだな」

「うん」

「居住禁止区域じゃないから別に構わないだろうけど、高台に移転する計画があったんじゃないのか」

「あったんだけど、お父さんが元の場所がいいって。昔から変なとこが強情」

客間に通されそうになったので、先に申し入れる。

「まず焼香させてくれないか」

沙羅は無言のまま蓮田を居間に誘う。居間の壁に立派な仏壇が設えられ、中央の額の中では沙羅の母親が微笑んでいる。

蓮田たちが遊びに来ると、いつも眩《まぶ》しそうな笑顔で迎えてくれた。そうだ、あの笑顔が脳裏から離れなかったために、蓮田の父親がスクープを飛ばした後で敷居が高くなってしまったのだ。

線香に火を点《つ》けて頭を垂れる。これしきのことで父親がしたことを償えるはずもないが、今はただ彼女の冥福を祈るばかりだ。

「震災の時、わたしは県外、お父さんは県庁にいて難を逃れたけど、家にいたお母さんが逃げ遅れて……将ちゃんの方はどうだったの」

「ウチは全員、大丈夫だった」

「そう。よかったね」

沙羅にその気がなくとも、疎外感を覚えるには充分なひと言だった。

客間に通されると、早速沙羅の質問が再開する。仙台に移り住んでから警察学校を出て、所帯を持ったところでいったん説明を終える。

「将ちゃん、子どもは」

「男の子が一人」

「おめでとう」

お前の方はどうなんだと訊こうとしてやめた。表札に子どもの名前はなく、家の中にも幼児が走り回っているような気配は感じられない。

「それにしても将ちゃんが警察官かあ。噂は聞いていたけど、実物を見たらそれらしい雰囲気があるわね。あの頃から体格がよかったし、何となく体育会系の雰囲気だったし」

「偏見だぞ。別に腕力や脚力で捜査する訳じゃない」

「それで、将ちゃんは誰に会いにきたの。警察の仕事なんだよね」

「貢に会いにきた」

蓮田の答えが意外だったらしく、沙羅は眉間に皺を寄せる。

「妙な顔をするんだな。想定していた答えと違っていたか」

「お父さんが目当てだと思っていた。政治家だし、今までも色々疑われてきたから」

「そんな話があったのか」

「もちろん全部根も葉もない言い掛かりに近かったんだけどね」

「親父さんが県議会議員だからこその言い掛かりか」

「派閥を纏めているってだけで汚職しているんだろうとか、選挙の度に実弾攻撃しているんだろうとか、対立候補や地元紙から中傷されるなんてしょっちゅう。でも将ちゃんがウチの旦那に会いにきたのなら、どうしてわざわざ宮城県警だなんて名乗る必要があるの」

　相手の言葉尻を捉えて追及する癖は昔のままだ。蓮田は微かな胸の痛みを感じながら、一方で懐かしく思う。

「警察の仕事で来たのは本当だ。今調べている事件が南三陸町の土地に絡んでいる。事情を知るには地元の業者に訊くのが一番いいと考えてさ」

「確かに旦那は今でも〈祝井建設〉の役員だけど……将ちゃん、事前に連絡したの」

「いや」

「あの人、まだ将ちゃんと会うことにわだかまりがあると思う」

　非難や同情などではなく、冷静な判断からの忠告に聞こえた。

「これも仕事でね。仕事なら自分を嫌っている相手にも会わなきゃいけない。今、どこにいる」

「実家。〈祝井建設〉」

「議員秘書をしているんじゃないのか」

「二足の草鞋《わらじ》を履いているのよ。〈祝井建設〉の役員に名を連ねているって言ってたでしょ。中間決算が近づいてきたから、その打ち合わせに朝から出掛けてる」

　居たたまれない気持ちも手伝い、そそくさと立ち上がってから思い出した。

「〈祝井建設〉は移転したんだったな」

「元の工場は全部流されちゃったよ。今は高台に移転している。ちょっと待って」

沙羅はスマートフォンを取り出して何度かタップすると画面を突き出した。〈祝井建設〉の住所と地図が表示されている。元より土地勘があるので、それだけで工場の位置は把握できた。

「将ちゃんがウチに立ち寄ったこと、旦那に知らせるけど」

「構わない。却って驚かせずに済む」

「会うかどうか分からないわよ」

「あのスクープは親父がしたことだ。俺は関係ない」

「そう考えているのは将ちゃんだけかもしれない」

「……だから怖いんだよ、沙羅は。皆が遠慮して黙っていることをしれっと口にする」

「ごめんなさい」

「いいよ。それで結局は助かったことが多いから」


高台に移転した工場はすぐに分かった。下からでも〈祝井建設〉の看板が確認できるほど大きい。前の場所に建っていた工場の倍はあるのではないか。

見れば、工場に隣接するかたちで住宅が建っている。近づいてガラス扉の向こう側を眺めれば、中が事務所になっているのが分かる。

事務所に向かって歩き出そうとした時、蓮田はいつになく緊張している自分に気がついた。

嘘だろう。

そう思うほど意外だった。わだかまりがあるのは貢ではなく、自分の方ではないのか。

いったん足を止め、深呼吸を一つする。特段に怖《おそ》れはない。罪悪感にも似た緊張が胸をまさぐるが、公務だと言い聞かせて押しとどめる。

ゆっくりと歩き出す。ガラス戸の前に立つと、受付に座っていた女性がこちらに気づいた。

「いらっしゃいませ」

いつものように宮城県警の名前を出そうとした寸前に思い直した。

「蓮田将悟といいます。貢さん、森見貢さんはいらっしゃいますか」

「お約束はございましたでしょうか」

「蓮田と言っていただければ分かります」

「少しお待ちください」

受付の女性がスマートフォンを取り出したその時だった。

「待たせる必要はない」

聞き覚えのある声の方に振り向くと、事務所の奥から作業着姿の男が入ってくるところだった。

「さっき沙羅から連絡が来たから、そろそろだと思っていた」

久しぶりに見る貢は顔つきに精悍《せいかん》さが加わり、体格も以前よりがっしりとしている。ただし何を考えているか分からない目だけは変わりない。

「ついてきてくれ」

こちらが喋ろうとする前に機先を制された。貢は事務所の奥ではなく外に向かう。蓮田はその後に従うしかない。

貢は外に出ると工場の裏に回った。従業員の休憩場所になっているのか、自動販売機の横に頑丈な造りのベンチが設えられている。

「座っとけ」

貢は自動販売機からコーヒーをふた缶取り出し、うちひと缶をこちらに投げて寄越す。

「まるで体育館の裏まで来いっていう感じだな」

「工場は親父から受け継いだものだ。悪いが、お前に敷居をまたがせる訳にはいかない」

「それでもコーヒーは奢《おご》ってくれるんだな」

「せめてものもてなしだ」

二人でベンチに並んで座り、缶コーヒーのプルトップを開ける。一瞬だけ、時間が高校時代に戻ったような気になる。

「元気そうだな。高校生の時分より逞《たくま》しく見える」

「工場を継いでからは現場にも出掛けている。ガタイもよくなる」

「沙羅の親父さんの秘書と兼任なんだってな。両立できるものなのか」

「何とかこなしている。県議の秘書はそれほど多忙じゃない」

「お前の親父さん、どうしている」

「震災の翌年、脳溢血《のういっけつ》で死んだ。取締役だけに任せるんじゃ心許なかったから、当時勤めていた会社を辞めて〈祝井建設〉の役員に就任したんだ」

そういう事情だったか。

「意外そうだな」

「貴はサラリーマンで出世するか、起業すると思っていた」

「お前こそ。親父さんと同じ新聞記者にでもなるかと思っていた」

「新聞記者にだけはなるまいと思っていた」

「他人の隠したい秘密を暴く。刑事も新聞記者も似たようなもんじゃないのか」

「少なくとも刑事は被害者と被害者遺族の無念を晴らすために靴底をすり減らしている。一緒にするな」

本音だった。父親が祝井健造の贈賄をスクープしてからというもの、蓮田の中で新聞記者は決して誇れる職業ではなくなった。職業の選択肢からいち早く除外したのは、今でも後悔していない。

「で、その刑事さんが俺に何の用だ。沙羅の話じゃ南三陸町の土地絡みで捜査しているんだってな」

「八月十五日、吉野沢の仮設住宅で死体が発見された」

「知っている。町役場の職員だったそうだな。それが俺に関係あるのか」

「居住している被災者が公営住宅に移転すると、仮設住宅は撤去される。撤去された後の更地については再開発が予定されているそうだ。その件は知っているか」

「そんな計画があるとは聞いていない」

「正式な発表はまだだが、土地の売買は計画発表の前から進行しているものだろう。何か小耳に挟んだ話はないか」

「どうして俺に訊く。不動産や建設に関わる話なら在京のゼネコン大手に訊くのが常道じゃないのか」

「復興事業の一環だから地元業者が優先されると聞いた。南三陸町で一番大きな建設業者は〈祝井建設〉だ。だったら役員であるお前に訊くのが常道だろう」

「言葉遊びをするつもりはない。忙しいんだ」

貢は言葉を尖らせる。

「はっきり言えよ。時間の短縮になる」

「吉野沢の再開発に〈祝井建設〉は関わっていないか」

脳裏に伊庭の説明が甦る。

『随意契約でいくなら業者との間に癒着が生じる。競争入札にしたところで事前に入札価格が分かれば商売相手を出し抜ける。いずれにしても跡地の再開発が公になる前から実弾が飛び交うのは目に見えている』

伊庭の説を信じれば、〈祝井建設〉が裏金を抱えて暗躍している可能性が捨てきれない。仮にそうだとしたら〈祝井建設〉の関係者が掛川勇児の死に関わっている可能性も否定できない。

貢はしばらく黙っていた。貢が黙っているのは相手の真意を見透かそうとする時だ。果たして、こちらに向けて皮肉な視線を投げてきた。

「ウチの実家が義父と結託しているとでも言いたそうだな」

本人から切り出したのであれば遠慮する必要はない。蓮田は自分の疑念を打ち明けることにした。

「森見善之助議員は県議会最大派閥の長だ。再開発に関わる許認可権は知事にあるが、その前段階の業者選別には議会の力が及ぶらしいじゃないか」

「計画の存在すら知らないと言ったはずだ。ましてや随意契約なのか競争入札なのかも決まっていないだろう」

「それでも事前に運動していれば事を有利に運べるだろう」

「刑事は疑り深いんだな。お前は建設業者を色眼鏡で見過ぎだ」

「『家には胡散臭い客がよく来る』。昔、それを俺に教えたのはお前だぞ。忘れたのか」

「ふん」

貢は返事をする代わりに唇の端を歪める。

「阪神・淡路大震災は憶えているよな」

「当然」

「あれも神戸の街を壊滅させた大災難だったが、復興事業自体は修繕と改築に留まった。ところが宮城県に起きたそれは海岸沿いからの移転を含めた、ゼロからの街造りだ。事業の規模も動くカネも桁違いだ。県議会が大手ゼネコンの台頭を抑えて地元にカネを落とそうとするなら、ウチみたいな業者が絡んでくるのはむしろ当然だ」

強気なようで、どこか弁解じみている。これも昔のままだ。

「森見議員が根回しして、再開発事業は〈祝井建設〉が随意契約を取るか、もしくは落札するように仕向ける。県議会の最大派閥が後ろに控えていれば不可能な話じゃなくなる。そういう次第か」

「慌てるな。ウチみたいな業者が絡んでも当然と言っただけだ。絡んでいる事実はない。第一、そのくらいの読みならお前もしているだろう」

「県議会議員の義理の息子が地元建設業者なんだ。刑事でなくたって勘繰るさ」

「勘繰りたければ勘繰ればいい、噂はどこまでいっても噂。邪推はいくら重ねても邪推だ」

「前の工場は流されたんだってな」

「ああ、母親と妹もろともな。あれだけ造りのしっかりした建物が流されるなんて想像もしなかったんだろうな。工場の中で身を潜めているうちに逃げ場所を失ったみたいだ」

「以前より大きな工場をここに再建した。その費用は、いったい誰が出した」

「お前に教えなきゃいけない謂《いわ》れはない」

「資金の出所は森見善之助じゃないのか」

「煩《うるさ》い」

煩がっていても、蓮田の問いに否定はしなかった。

「お前が森見家に婿入りしたのも議員秘書になったのも、工場再建の資金を提供してもらう交換条件じゃなかったのか。前の工場を流されて、働く場所を失った従業員たちのために、お前が人《ひと》身御供《みごくう》になったんじゃないのか」

「妄想も大概にしておけ」

貢は一刀両断に切り捨てる。

「だったら資金はどこから出た。言っちゃあ悪いが、俺たちが高校生の頃から〈祝井建設〉は経営が楽じゃないと聞いていた。他ならぬお前の口からだ。そんな経済状態の工場が津波で流された。土地の取得から工場の再建までの莫大《ばくだい》な費用、いったい誰が出せた。考えられるとしたら森見善之助くらいだぞ」

口に出してから後悔した。いくら友人相手でも憚られる言葉だった。蓮田が貢を友人だと信じている限り、彼に吐いた言葉はそのまま自分に跳ね返ってくる。

それまで強固に見えた貢の表情がわずかに歪む。対象者から真意を引き出す警察官としては有効ポイントだが、一個の人間としては思いやりの欠片《かけら》もない中傷だ。

「証拠がない以上、どんな推察をしても憶測にしかならない」

挑発気味の台詞だが、負け惜しみにも聞こえる。それだけで、蓮田は己の推測が中《あた》らずと雖《いえど》も遠からずなのだと知る。

あとひと息で貢の自制心は崩れる。刑事としての勘と旧友としての手応えが蓮田を後押しする。口に出せば貢との関係がさらに悪化するのは目に見えている。

だが訊かずにはいられなかった。

「ひょっとしてお前が知歌を捨てて沙羅とくっついたのも、全部カネのためじゃなかったのか」

途端に貢が顔色を変えた。

　こちらの胸倉を掴み上げると怒りを露わにしてきた。

「本気で言っているのか、クソ刑事」

　警察官の胸倉を掴み上げた時点で公務執行妨害だが、咄嗟《とっさ》に言葉が出てこない。

「今の台詞は俺だけじゃなく、知歌や沙羅も侮辱する言葉だぞ」

「イエスかノーで答えろよ」

「答えるような義理はない」

　貢は蓮田を突き放すように手を解《ほど》く。

「事情聴取拒否か」

「そんなに他人の懐具合が知りたいか」

「捜査に必要なら」

「俺も〈祝井建設〉も失ったものが多過ぎるんだよ。家族も従業員も工場も失った。元の生活に戻すのにどんな思いをしているか、お前に想像できるか。ええ、おい」

　予想もしなかった方向からの詰問で返事に窮する。

「知歌も両親、沙羅も母親を奪われた。家も何もかも根こそぎだ。奪われたものを取り返したい。だから以前にも増して働きたい、カネを稼ぎたい、また家族を作りたい。それが大切なものを奪われたヤツの願いだ。なあ、お前に分かるか。沙羅から聞いたぞ。お前は震災でも何一つ失わなかったんだってな」

貢は勝ち誇るように言う。大切なものを奪われたはずの被害者が誇る姿は、痛々しいものがあった。

「これ以上、話しても無駄だ。お前に被災した人間の痛みは分からない。俺たちの話を聞いても理解できない」

そう言い捨てると貢はベンチから立ち上がり、蓮田に背を向ける。

蓮田の方は立ち上がることもできなかった。

貢の言い分が一方的であるのは承知している。会話を拒絶するための方便であるのも分かっている。

だがひと言も言い返せなかった。震災を機に奪われた者とそうでない者は明確に分かたれている。

喪失感と罪悪感、劣等感と被害者意識、失意と安堵。両者を分かつ溝は深く、長い。

貢の背中が遠くなっても蓮田は声を掛けることに躊躇《ちゅうちょ》する。そして彼の姿が視界から消えた時、ようやく呪縛から解放された。

馬鹿かお前は。

もう一人の自分が脳内で嘲笑する。

震災で何も失わなかった。そんなものを負い目にしたまま捜査を続けるつもりか。

笘篠に合わせる顔があるのか。

蓮田はベンチに腰掛けたまま、しばらく憤然としていた。

2

非番明けで登庁した蓮田は刑事部屋で笘篠を見つけると、すぐに駆け寄った。

「話があります」

「奇遇だな。俺もだ」

手近な椅子を引っ張ってきて、笘篠と正面切って向かい合う。

ここ数日の単独行動は公務から逸脱していたと誹《そし》られても仕方がない。石動から詰《なじ》られる前に笘篠から怒鳴られた方が、気が楽になるように思えた。

「二課の伊庭さんに話を聞いた後、地元に建設業を営んでいる知り合いがいるのを思い出したんです」

「ただの知り合いなのか」

「幼馴染みなんです」

蓮田は貢たちとの交遊歴を打ち明ける。プライベートな情報を告げることに抵抗はあるが、コンビを組んでいる笘篠にも報告しなかったペナルティとも言える。

説明を聞き終えた笘篠は困惑顔で頭を掻いた。

「蓮田は、その〈祝井建設〉を疑っているのか」

「掛川勇児殺害に直接関与しているとは思いません。しかし事件の背景に吉野沢の再開発が絡んでいる可能性が否定しきれません」

「現状、被害者の掛川に殺されるような背後関係は見つかっていない。それならトラブルになり得る要因を本人以外から探すしかない。お前の目の付けどころは間違っちゃいない」

「ほっとしました」

「問題はお前に覚悟があるかどうかだ」

不意に笘篠の視線が険しくなる。

「新人でもないヤツに今更説教することじゃないが、仮に幼馴染みが事件に関与していた場合、お前は躊躇なくそいつに手錠を掛けられるのか」

「掛けられます」

即答したものの、実際にそうした局面に立たされた時、躊躇《ためら》いを覚えないかどうかは確信できない。それでもこの場は言いきるより他になかった。

笘篠は蓮田から視線を外さない。つくづく、この男に追われる立場でなくて良かったと思う。まるでこちらの気持ちを見透かしているかのようで一時も油断ならない。

ほどなくして笘篠の言葉に違和感を覚えた。

「待ってください、笘篠さん。俺に覚悟の有無を問い質すのは、笘篠さんも森見貢を疑うだけの根拠を持っているからじゃないんですか。そうでなけりゃ問い質す意味がない」

「特に〈祝井建設〉だけを疑っている訳じゃない。ただ少し驚いている。俺は俺で好き勝手に探していたんだが、辿り着いた先がやっぱり建設業者だったからな」

「事件が仮設住民の移転や再開発事業に絡んでいると仮定するなら、当然そこに行き着くと思うんですが」

「ルートが違うんだ。俺が例の密室を破ろうとしていたのは知っているよな。スタートはそこだった」

笞篠は大儀そうに立ち上がる。

「見せたいものがある。一緒に来てくれ」


笞篠に連れられてきたのは太白《たいはく》区長町《ながまち》の住宅展示場だった。

「最初、現物を見て考えようとしたんだ」

笞篠はモデルハウスの間を歩きながら話す。

「実際の仮設住宅を使って密室状態を構築できるものなのかどうか。吉野沢には住人が退去した後の空き住宅もあるが、どれも建機による撤去が始まっていて完全なものがない。思いついたのが住宅メーカーのショールームだった」

「でもモデルハウスじゃ意味がないでしょう」

「吉野沢の仮設住宅を提供したのは〈ヤマトハウス〉という住宅メーカーだが、自社の技術を宣伝する目的で同じ仕様の仮設住宅を展示している」

やがて二人は〈ヤマトハウス〉の展示場に到着した。出迎えてくれたのは同社の営業部に勤める高橋《たかはし》という男だ。

「お待ちしていました。案内係の高橋です」

高橋は額に入れて飾っておきたいような営業スマイルを顔に張りつけていた。

「先日、そちらの笘篠さんが来られ、捜査に協力してほしいと言われた時にはずいぶん驚きました。しかし当社が事件の解決に寄与できるのなら、これほど光栄なことはありません。では、こちらへ」

高橋に先導されて進むと敷地内に数戸の建物が並んでいる。うち一戸は件の仮設住宅だ。

「吉野沢に建っている仮設住宅と全く同じだ」

思わず蓮田が洩らすと、高橋は誇らしげな顔を見せる。

「当社の誇る木質パネル系プレハブ住宅です。一戸あたりのお値打さと気密性の高さでは他の追随を許しません」

モデルハウスの中に入ると、外見同様に間取りも建材も吉野沢のそれと同じだった。天井の採光窓も同じ位置にある。

「さて」

高橋は部屋の中央に立って蓮田たちに向き直る。

「笘篠さんからのご質問は、この住宅の中から鍵を開錠せずに脱出できるのか否か、でした。ご存じかもしれませんが、プレハブ工法というのは職人が現場で建材の加工や施工をするのではなく、工場で壁や床といった部材を造り現場で組み立てるというものです。少し乱暴な言い方になりますが、巨大なパーツのプラモデルを想像していただければよろしいかと存じます。従って壁・

床・天井は隙間なく結合され、大掛かりな工事でも施さない限り人ひとりが出入りできるような隙間は生じません。また採光窓にしても完全な嵌め殺しになっており、内側から開けるのは不可能です」

自社製品の説明なので得意げになるのは当然だが、聞いているこちらとしては一つずつ可能性を否定されるようで面白くない。

「俺も色んな仮説を高橋さんにぶつけてみたんだ」

笘篠の方は面白そうに話す。

「ところがことごとく反論されて遂にネタがなくなった。それで考え方を変えてみた。建物から脱出するんじゃなく、死体を残しておくだけなら可能じゃないかとな」

「同じことじゃないですか」

「それが違うんですよ」

笘篠に代わって高橋が答える。

「わたしも笘篠さんからお聞きして、やっと気づいた次第なのです。では、いったん表に出てください」

訳も分からぬまま表に出ると、高橋はどこからか梯子《はしご》を抱えて戻ってきた。

「先に上がりますのでついてきてください」

蓮田たちにヘルメットを渡した後、高橋は外壁に立て掛けた梯子を慣れた足取りで上がっていく。歳はそれほど違わないはずなのに、蓮田はおっかなびっくり踏み桟《ざん》の位置を足で探りながら上っていく。

「上がるの速いですね、高橋さん」

「ジョブローテーションで一時期、現場でしごかれましたから。住宅営業というのは資金計画の提案から見積もりの提出、ローンの審査、着工前打ち合わせ、着工後の変更打ち合わせまで担当します。現場でどんな作業が発生しどんな道具をどんな時に使うのか。そうした細かな手順を知っているのと知らないのとでは、営業業務にも雲泥の差が出ますからね」

三人は梯子を上がりきり、屋根に集まった。傾斜は緩やかだが、油断すれば真下に転落してしまう。

「さて、早速取り掛かりましょうか」

高橋が躊躇なく近づいたのは天窓だ。笘篠と蓮田は這うようにして彼の後に続く。さすがにここまでくると、蓮田にも笘篠の着眼点が見えてきた。

真下に臨む採光窓は八十センチ四方の大きさで、ガラスに網が入っている。屋根と平行に天窓となるガラス障子が嵌められ、その三十センチ下に採光窓がある。つまり採光窓は二重構造になっているのだ。

「仮設住宅に採用したタイプでは採光窓の開閉は出来ず、内側にスクリーンを張ることで日照を調整しています。ただですね。こうした天窓は鳥の糞《ふん》で汚れやすかったり、落下物で罅が入ったりするので交換の必要に迫られるケースが少なくないんです」

喋りながら高橋は天窓周りの屋根材を剥がす。

「この屋根材はスレート製の嵌め込み式になっていて、コツさえ摑めれば簡単に外せます」

屋根材を取り除くとガラス障子が剝き出しの状態となる。

「当社では天窓を従来のガラス製からポリカーボネート製にしています。最近はクルマの窓ガラスを軽量化する動きがありますが、ことこの分野については住宅メーカーが先を行っている感じでしょうか」

軽量というのは本当らしく、高橋はひと抱えもあるようなガラス障子を軽々と持ち上げる。

「次に採光窓まで手を伸ばし、窓枠を固定しているLアングルという金具と野地板《のじいた》を外します。これもビスを抜けば簡単に窓枠が外れます」

高橋は腰袋から工具を取り出すと手際よくビスを抜いていく。説明通り、ビスさえ抜いてしまえば窓枠は呆気ないほど簡単に外れた。

「はい、この通り」

笘篠と蓮田は屋根の上から覗き込む。密室だったはずの仮設住宅は、今やぽっかりと大きな口を開けていた。

「部屋の中で殺害したんじゃない」

改めて笘篠が自説を披露する。

「外部で殺害した後、死体を屋根まで運び、今の手順で天窓と採光窓を外したんだ。死体を開いた窓から放り込み、また採光窓と天窓を元に戻す。これで密室の完成だ」

タネを明かせば、馬鹿馬鹿しくなるほど単純な話だった。

採光窓を内側から外すことは不可能だが、外側からならできる。部屋から脱出するのではなく死体を残しておくだけなら いとも容易《たやす》いのだ。

蓮田は腕時計を見る。高橋が作業を開始してから採光窓を外すまで四十分が経過していた。

「高橋さんが屋根に到着して作業を終えるまでに四十分しか掛かっていません。これはわたしたちのような未経験者にも可能でしょうか」

「さて、どうでしょうねえ」

高橋は腕組みをして首を捻《ひね》る。

「嵌め込み式の屋根材もコツが摑めなければ四苦八苦するでしょうし、ビスを外すにも工具に慣れていなければ時間が掛かります。そもそも採光窓が二重構造になっているのを知った上で取り外しを試みるのは、素人さんでは有り得ないでしょうねえ」

「聞いての通りだ」

笘篠は屋根の上に腰を下ろす。

「密室状態を拵《こしら》えるのは可能だが、その実行には熟練の腕が必要だ。経験も道具も持ち合わせていない素人では無理。従って実行した人間は建設業や住宅メーカーなどに関係した者と仮定できる。そこから再開発の事情を組み合わせるとさらに絞り込める」

「別ルートで建設業者に辿り着いたというのは、こういう意味でしたか」

掛川が殺害されたのは夜八時から十時にかけてだ。夜中、明かりが乏しい中で採光窓を外す作業をこなすには慣れも技術も不可欠だ。逆の言い方をすれば、熟練の腕を持っていれば、残った三世帯に気づかれることなく、作業を遂行できる。

「ただし疑問が一つ残る」

「何ですか」

「犯人が密室を拵えた理由だ」

今更だと思った。

「笘篠さん。犯行の模様を立証しなければ起訴するのも困難です。犯人がそれを狙っているのは一目瞭然じゃないですか」

「だが手間が掛かり過ぎているとは思わないか。見つかって困る死体なら、いっそ埋めてしまった方が手っ取り早い。現場には、穴を掘るのに格好の建機も置いてあったしな」

「笘篠さんには何か考えがあるんですか」

「ないことはない。だが単なる思いつきだ。単なる思いつきを話しても捜査を混乱させるだけだ」

地上に下りてから笘篠はあまり話さなくなった。慣れた者の手なら密室を破れる件は捜査会議で報告すると言うが、煎じ詰めればそこまでだ。笘篠が積極的に容疑者を特定するには至らない。後は東雲管理官の判断に任せるということか。

道すがら、蓮田の脳裏には貢の言葉が再生されていた。

『工場を継いでからは現場にも出掛けている』

地元で最大の建設業者。

義父は再開発事業に関わる許認可を左右し得る県議会議員。

おそらくは義父に大きな借りがあり、返済のためにも大きな仕事を必要としている地元建設業者の役員。

そして役員に名を連ねながら、現場仕事に通暁している男。

いずれの可能性も満たしているのは貢だ。消去法ではないが、これだけ可能性が揃っていれば貢を疑わない訳にはいかない。

「笘篠さんは具体的に容疑者の名前を報告しないんですよね」

「特定するにはアリバイも未確認だし、動機も明確じゃない。役場のいち職員の殺害が再開発事業にどう結びつくのか、現時点では皆目見当もつかない」

言い換えれば、その二つが結びついた瞬間に貢が最有力の容疑者に浮上するという意味だ。

「森見貢を疑っていますか」

「容疑者の一人であることは間違いない」

「『仮に幼馴染みが事件に関係していた場合、お前は躊躇なくそいつに手錠を掛けられるのか』。俺にそう確認したじゃないですか」

「あくまでも可能性だし、俺よりはお前の問題だ。しかしお前は掛けられると即答した。それで結論は出ているだろう」

蓮田は口を噤むしかない。結論はまだ出ていない。容疑者の条件が揃っていても尚、己は貢が人を殺した可能性を感情面で否定し続けているのだ。

3

翌々日の捜査会議で笘篠が〈ヤマトハウス〉の高橋からレクチャーされた内容を発表すると、普段冷静沈着であるはずの東雲が珍しく声を弾ませた。

「死体を放り込んでから密室を作る。ふむ、その手があったか」

「高橋さんの話によると、採光窓が二重構造になっているのを知った上で取り外すのは素人では無理とのことでした」

「確かなのか」

「自分で試してみました」

事もなげな返事だったが、東雲をはじめ出席した捜査員たちの間に微かな動揺が広がる。驚いたのは蓮田も同様だ。笘篠の生真面目さは承知していたが、自分で実験していたのは初耳だった。

「住宅展示場にあった仮設住宅を使わせてもらって、ずぶの素人に採光窓の取り外しが果たして可能なものかどうかを検証してみました」

「どうだった」

「屋根材は嵌め込み式になっていてコツさえ摑めれば簡単に外せるとのことでしたが、これだけで二十分以上かかりました。窓枠を固定しているLアングルという金具と野地板に至ってはお手上げでした。熟練した者のサポートがなければどうしようもありませんでした」

無骨ながら笘篠の言葉には信憑性がある。東雲は納得したように頷いてみせた。

「つまり犯人は建設業者、もしくはかつて建築関係の仕事に従事した者である可能性が濃厚ということになる」

「犯行時、明かりの乏しい中での作業になるし、しかも目撃されないためには短時間で終わらせなければなりません。現場は撤去作業中だったから梯子や脚立といった道具を調達できたにしても、即座に対応できるのは経験者くらいかと思われます」

「ますます素人には無理な仕事か」

東雲は再び頷くと捜査員たちに向き直った。

「鑑取りで被害者掛川勇児の背後関係を洗っているが、現在に至っても犯罪に結びつくようなものは浮かんでいない。目先を変える。掛川は役場の建設課に所属していた。仕事柄、彼に接触していた建築関係者は少なくないと思われる。その全員の相関関係とアリバイを洗う」

思いきりのいい判断だと思った。鑑取りは被害者の背後関係から動機を探る作業だが、この際動機の解明よりは犯行の方法から容疑者を絞り込もうというのだ。

捜査が暗礁に乗り上げつつある状況だったので、新たな切り口の提示は捜査員を鼓舞するに充分だった。

捜査員たちが散らばる中、笘篠は迷う素振りも見せずに会議室を後にする。蓮田は慌てて追いかける。

「笘篠さん、どこに行くんですか」

「管理官の指示に従うのさ。建築関係者を調べる。まずはお前の幼馴染みから当たってみようか」

「〈祝井建設〉にはもう行きましたよ。ちゃんと報告したと思いますけど」

「それでどうだった。何か目ぼしい動機なり被害者との接点なりが見つかったのか。地元では最大手の業者なんだろう」

貢から聴取した内容は概ね笘篠にも伝えている。仮設住宅の跡地が再開発されるとなれば〈祝井建設〉のような地元業者が絡むのはむしろ当然であるが、関与しているとは明言されなかったことも報告した。ただしプライベートな話題で貢と口論になりかけた件については必要なしと判断して伝えていない。

「〈祝井建設〉は株式公開しているものの、決算報告が全面的に信用できるかどうか。同社の経営状況の実態が把握できません。祝井……森見貢の証言が裏付けできないのが痛いです」

「〈祝井建設〉の方面から攻めて手応えがないのなら別の切り口を考えるべきだろう」

笘篠の言わんとすることはすぐに察しがついた。

「議員秘書としての森見貢、ですか」

「婿養子が再開発絡みで犯罪に関与しているとすれば、県議会議員である義父が全くの無関係だとは逆に考え難い」

「まさか森見議員を直撃するつもりなんですか」

すると笘篠は振り返って怪訝《けげん》そうな顔を見せた。

「どうした」

「何がですか」

「実際はともかく、刑事相手に自分の秘書までしている娘婿を悪しざまに喋るものか。不平や不満があっても黙っている。本気で疎ましく思っているなら尚更だ」

言われてみればその通りなので、蓮田は恥じ入る。通常なら当然に思いつくはずの常識がすっかり思考から吹き飛んでいた。

「悪い噂を聞きたかったら、そいつの敵方に尋ねるべきだ。もう県庁では予算特別委員会が始まっている頃だ」


宮城県議会庁舎は県警本部庁舎と目と鼻の先にある。笘篠と蓮田は五階大会議室に向かう。

「まさか捜査で県議会の質疑を傍聴する羽目になるとは思いませんでした」

「予算特別委員会の模様はネットや地元のテレビ局が中継しているから、与党側も野党側も有権者にアピールするため、普段より質疑応答が激烈になる。質疑応答が激烈になるとどうなるか分かるか」

「いつもなら思っていても黙っていることが、うっかり口に出ます」

「そうだ」

理屈は分かるものの、では笘篠がどの議員に注目しているのか、この時点では皆目見当もつかなかった。

大会議室のドアを開けると質疑の最中だった。笘篠と蓮田は空き気味の傍聴席に潜り込む。

笘篠のことだから事前に調べていたのだろう。議長席前の演壇には森見善之助が、対面演壇には女性議員が立っていた。

「森見善之助に質問しているのは野党側の会派に所属している照前昭子《てるまえあきこ》だ」

議員の顔も名前も知らない蓮田は、笘篠の説明を聞きながら議員たちのやり取りを眺める。

『わたしが伺いたいのは本年度予算について復興事業費があまりに突出している事実です。これは年初に知事が出された財政運営の基本方針から逸脱するものではありませんか』

『森見善之助くん』

『えー、確かに予算額としては昨年度を大きく上回るように見えますが、予算全体が底上げされているのでパーセンテージとしては微増程度に留まっております』

『照前昭子くん』

『パーセンテージとしては微増と仰《おっしゃ》る。復興事業費としてはそうでしょうが、問題なのは復興事業費の内訳として仮設住宅跡地再開発の占める割合が八割を超えていること、またその再開発の詳細な内訳が一切示されていないことです。言い換えれば巨額の費用を未だ使途不明の予算に割り当てているという事実です。到底、健全な予算配分とは思えません』

『森見善之助くん』

『ただいま照前議員から、復興予算の多くが仮設住宅跡地再開発に占められているのはおかしいとの指摘がありました。私としては、質問された照前議員が本当に宮城県民であるかどうかを先に論議したい気分であります』

人を食ったような答弁に、照前議員は満面朱を注ぐ。

『あの震災から七年、我が宮城県は依然復興の半ばであります。ヒト、モノ、カネの全てが流出し、今も尚、元には戻っていない。ヒト、モノ、カネの流れをこちらに戻すためには新しい街作りが急務であります。最初に容れ物を作ってからアクセスを充実させ、然る後に人を集める。これこそが再開発に肝要であり、復興への最短距離と言えます。再開発は宮城県民の悲願なのです。それを何故、同じ宮城県民である照前議員がお分かりにならないのか理解に苦しみます』

『照前昭子くん』

『容れ物さえ作ってしまえば自ずと経済は上向き、人が集まる。それは今やカビが生えたような箱モノ行政の典型ではありませんか。森見議員の価値観はアップデートというものがないのでしょうか』

照前議員の演説に議場から野次が飛ぶ。十中八九、森見議員サイドからの声だろう。

『森見善之助くん』

『カビが生えたような箱モノ行政と言われ、私は以前に政権を奪取したものの非常な短命に終わった政党のキャッチフレーズを思い出しました。〈コンクリートから人へ〉でしたか。清新な響きと相俟《あいま》って人口に膾炙《かいしゃ》するのが早かったが、廃れるのも早かった。あのキャッチフレーズが日本経済を壊滅的にしたと言っても過言ではありません。地域活性化に必要だった公共事業を軒並み頓挫させ、雇用創出機会を破壊し逆に大勢の失業者を創出させたのです』

議場から一斉に喝采が湧き起こる。反論の野次もあるにはあるが大勢の声に掻き消されてしまう。

『思えば東日本大震災が発生した時、政権を運営していた彼らがまともな復興対策をしていれば宮城県もこんな体たらくにはなっていなかった。公共事業にもう少し理解があれば、こんなにも復興が遅れることもなかった。同党に籍を置く照前議員にカビが生えただのアップデートがどうだの言われるのは大変に心外です』

『照前昭子くん』

『再開発事業に多額の予算が充てられているのは、森見議員のご身内に業者がいるからではありませんか。再開発事業を進める理由には利益供与が存在しているのではありませんか』

一瞬、議場は水を打ったかのように静まり返る。だが直後に嵐のような怒号が巻き起こった。

「デタラメを言うなあっ」

「誹謗《ひぼう》中傷じゃないか」

「証拠でもあるのか」

「演壇を降りろおっ」

『静粛に願います。森見善之助くん』

『通常であれば失礼極まりない発言ですが、照前議員はまだまだ議員経験が浅いので大目にみましょう。さて利益供与云々の話が出ましたが、前回の選挙で八人もの逮捕者を出したのはどこの会派だったのか、もう一度記憶を辿ってから発言していただきたい』

再び喝采と野次が起こり、森見議員は勝ち誇った顔で演壇を降りる。対面する照前議員は痛さを堪《こら》えるような表情のまま演壇に立ち尽くす。

傍聴していた蓮田は複雑な思いに駆られる。

未曾有の大震災に見舞われた際、公共事業に消極的あるいは否定的だった前政権の復興施策はお世辞にも褒められたものではなかった。景気の低迷と失業者の増加という事情も手伝い、散々な呪詛《じゅそ》と罵倒を浴びながら政権はわずか三年の短命に終わった。大まかな背景と経緯は森見善之助が演説した通りだが、ではあの時に現政権が舵《かじ》を握っていれば今よりも復興は進んでいたのだろうか。

かつてどの時代もどんな政権も経験し得なかった災厄だった。政治の世界に〝ｉｆ〟はない。現政権がどこまで被災地を復興できたかは想像でしかなく、森見善之助が照前昭子を誇るのはいささか一方的な気もするのだ。

議長に促されて照前議員が降壇すると、笘篠は静かに席を立った。

「聴取相手が決まった。議員控室で待つぞ」


笘篠と蓮田が待っていると、予算特別委員会の終了直後に照前議員が姿を現した。聞き役の笘篠が身分を明かした途端、照前議員はひどく意外そうに二人の顔を眺めた。

「二人とも傍聴席では見かけない顔だから何関係の人かと思ったら、まさか刑事さんだなんてね」

「傍聴人の顔をいちいち憶えているんですか」

「地元の報道関係者か、さもなければ地方政治に興味をお持ちの奇特な方々しか来ませんからね。

言ってみれば常連さんたちです」

照前議員の言葉には自虐的な響きがあるが、それが地方政治に対してのものなのか、傍聴席の常連たちに対するものなのかは判然としない。

「県警捜査一課の刑事さんなんですね。ひょっとして誰かの選挙違反を捜査しているんですか」

「いいえ、違います。公職選挙法違反は捜査二課の担当ですが、一課は主に強行犯を扱っています」

照前議員は残念そうに肩を竦《すく》めてみせる。

「誰か選挙違反をした人間に心当たりがあるんですか」

「別に。県議会主流派の先生たちを二、三十人ほど逮捕してくれると大変助かると考えただけです」

「あまり穏やかな話ではありませんね」

「傍聴席でご覧になったでしょう。森見先生が束ねる主流派の数に比べて、ウチは議席がたったの三つです。議会での声の大きさは議席の数に比例するんですよ」

「確かに劣勢の感は否めませんでした」

「あれだけ数に開きがあると、委員会はただ報告をする場所に堕《お》ちてしまいます。こちらが反対しようと疑念を持とうと、議案はどんどん可決されていきます。そういう無念が積もり積もると、つい他愛もないことを考えてしまって」

「議員三十人もの逮捕者を出す事件というのは他愛もない話じゃないのですけどね」

「ところで強行犯というのは強盗や殺人といった案件ですね。物騒さでは選挙違反の比じゃないと思うんですけど、わたしに何を訊くおつもりなんですか」

「森見議員の秘書に関してです。発言中に少し触れられていましたよね」

「ああ、あの婿養子のことね」

照前議員はさらりと言ってのけるが、傍で聞いている蓮田の心中は穏やかでない。

「言われてみれば、確かに失言でした。何一つ証拠がないのに、あんな風に決めつけた言い方はまずかったな」

「証拠もなく公式の場で中傷したんですか」

「証拠はないけど、公共事業を推し進める県議会最大派閥の長と地元建設業者なんですよ。邪推するなという方が無理な話です。でも、あの秘書さんを出したのはちょっと後悔しています」

「何故ですか」

「だって、あんまり秘書さんが気の毒で。森見先生を糾弾することには何の躊躇いもないけど、あのお婿さんを引き合いに出すのはねえ」

「彼が政治家ではないからですか」

「あら。議員秘書になった時点で政治の世界に両足を突っ込んでいるんですよ。あのお婿さん、ええと、名前は何だったかな」

「森見貢、旧姓は祝井です」

「そうそう、貢さん。あのねえ、刑事さん。政治の世界で議員秘書がどんな立ち位置にいるのかご存じですか」

「議員の影として付き従うイメージがあります」

「影、ねえ。間違ってはいないけど正確でもない。時には相棒、時には母親。時には友人、時にはメモ帳。そして時には尻拭い役で、詰め腹を切らされる役。議員によって扱いが変わる場合もあれば、秘書の資質によって役割が決まる場合もある」

「森見貢はどうなんですか」

「あれは絶対服従の使用人みたいなものね」

事もなげな口調だったが、蓮田の胸を刺すには充分だった。

「スケジュール管理や面談のセッティングは当然として、関係各所との連絡、応対、文書作成、資料・情報の収集と整理、会議やパーティーの準備、来客の接待から経理的な事務、それから」

「まだあるんですか」

「昼食の手配、健康管理、事務所備品の買い出し、加えて運転手」

貢が森見議員にこき使われているさまを想像すると憤りを覚える。確執が解消されないまま今に至るが、兄弟同然に育った者が顎で使われているのを聞けば、やはり腹が立つ。

「だけど森見先生の場合はまた別の面倒があって……あの、これはあくまで噂話なんだけど」

一瞬、照前議員は気まずそうに顔を曇らせる。

「噂話で結構です」

「もう一つ。わたしは党派や政策において対立関係にあるけれど、先輩議員としての森見先生をとても尊敬しています。それは、はっきり申し上げておきたいです」

何やら言い訳めいた物言いなのは、県議会議員の肩書に後ろめたい気持ちがあるからだろう。逆に言えば、肩書に背いてまで部外者に語りたい意識を隠しきれていない。笘篠は相手の内心を見透かしたかのように、無表情のまま頷いて先を促す。

「森見先生が震災で奥さんを亡くしたのは知っていますか」

「ええ、議員名簿のプロフィール欄で拝見しました」

「その翌年くらいから、森見先生の控室には素性の分からない女性が出入りするようになったんです。それも毎回のように違う女性が」

陰険な口調で、訪問したのが商売女らしいと察しがつく。

「盲点ですよね。ホテルで密会を続ければいつかマスコミにスクープされる惧《おそ》れがある。今の雑誌は政治家のプライベートにも遠慮なく首を突っ込んできますから。不思議な話、マスコミ関係者は議場を取材しても議員の控室までは追ってこないんですよね」

「まさか議員控室がそうした用途に使用されているとは想像もしないでしょうから」

「もう独身なので、複数の女性と関係を持ったとしても倫理的に問われないとお思いですか」

「一般市民が風俗遊びをするのとは同列にできないでしょうね」

「県議会議員の品格の問題です。第一、公共施設の一室をホテル代わりにするなんて言語道断じゃないですか」

「しかし表沙汰にはならない」

「議会最大派閥の領袖だから、皆黙っているんです。別に法律を犯している訳じゃない、男やもめじゃ仕方がないって、いったい今は昭和なのかと思います。女性を性的搾取の対象としか認識していない」

それから照前議員は延々と男性議員の認識不足を論《あげつら》った後、こう告げた。

「惨めなのは秘書さんでね。森見先生が女性と睦《むつ》まじくしている最中、控室の前で見張りをしているんですよ。間違っても報道関係者が迷い込まないように、こう、直立不動で。県議会に身を置いている人たちは事情を知っているから、控室の前を通る時も見て見ぬふりをするんだけど、その時の秘書さんがホントにキツい無表情をしていて。そりゃそうよね。ドア一枚の向こう側で義理の父親がとっかえひっかえいかがわしい行為をしていて、自分はその見張りをさせられているんだから無表情を決め込めなきゃ、やってられない」

蓮田は居たたまれなくなる。『絶対服従の使用人』という意味が、嫌になるほど理解できた。

控室の前で立ち続ける貢の姿を思い浮かべると我がことのように恥辱に苛まれる。雇用主というだけではなく義理の父親なのだ。本人の恥ずかしさと情けなさは想像するに余りある。

「そんな扱いを受けても、貢氏は尚も森見議員に付き従っているんですね」

「刑事さん、〈祝井建設〉の法人登記はもう確認したの」

「一応は」

「森見先生に関する噂はもう一つあってね。経営が思わしくなかった〈祝井建設〉の工場が津波で流されて、いよいよ倒産という憂き目に遭いかけた時、森見先生が相当な金額を援助したんじゃないかって。祝井貢さんが森見家に婿養子にきた時期とも符合するしね。〈祝井建設〉の役員の中に森見先生が名前を連ねているでしょ。あれは名実ともに〈祝井建設〉の生殺与奪《せいさつよだつ》の権を森見先生が握っている証拠。だからあの秘書さんは、どんな辱めを受けても森見先生の許を離れることはできない」

「絶対服従、ですか」

「右を向けと言われたら右、左を向けと言われたら左。もう使用人というより飼い犬と言った方が正確かも」

「周囲に同情する人はいないのですか」

「森見先生がそういう扱いをするものだから、後援会でもやっぱり飼い犬扱いされているみたい。後援会長なんて彼を顎で使っているなんて話も聞いている」

思わず腰を浮かしかけた。

貢はプライドの高い男だった。プライドが高いから、なかなか本音を吐かずに仮面を被る。義父からも後援会からも犬扱いされ、それでもきっと感情を押し殺して従属しているのだろう。

「わたしが森見先生の秘書さんについて話せるのはこのくらい。どうです。参考になりましたか」

「ええ、大変に」

「ところで刑事さん。まだ肝心なことを教えてもらってないのだけれど、あの秘書さんにはいったい何の嫌疑がかかっているの」

「申し訳ありませんが、捜査情報をお教えする訳にはまいりません」

「わたしからは聞くだけ聞いておきながらあんまりね。じゃあ質問を変える。捜査の結果次第で森見先生が失脚する可能性はあるの」

「やはりお答えできません」

「卑怯《ひきょう》ねえ。まあいいわ。あなたたちの捜査が実を結ぶよう、陰ながら応援しています」

控室から出た後も、しばらく笘篠は無言でいた。友人の受けた恥辱を蓮田がどう感じているのか慮《おもんぱか》っているようだった。

「俺のことなら気を遣わなくてもいいですよ。容疑者に友人もイワシの頭もありませんから」

「そうか」

笘篠はぶっきらぼうに答える。

「だが、刑事には話せないことも友人には話せる場合がある。さっきも話が出たが、森見善之助は〈祝井建設〉の役員でもある。〈祝井建設〉が大型公共事業を受注して利益を上げれば、その一部は正当な役員報酬として森見善之助の懐に入る。報酬額は誰が決めると思う」

森見善之助が〈祝井建設〉の経営権を握っているとすれば己の報酬額など、どうにでも操作できる。再開発事業の許認可を弄《いじ》れる者が随意契約で請負業者を決め、最終的な利潤を我がものとする。単純な錬金術だ。

「貢は疑惑を否定しましたよ」

「照前議員の話を聞く前と聞いた後では状況が変わってこないか」

言われてみればその通りで、蓮田は貢が実家の利益を目論《もくろ》んでいると考えていた。だが森見善之助が私腹を肥やすために貢を動かしていると想定すれば、別のかたちが見えてくる。

「吉野沢の仮設住宅が計画通りに撤去できれば、その分再開発事業がスムーズに進行する。掛川勇児の殺害がどう絡んでいるか現時点では不明だが、採光窓の取り外しの件を考え併せるとお前の友人に対する疑惑は晴れるどころか、ますます濃厚になる」

蓮田はひと言も言い返せなかった。

4

翌朝の午前七時過ぎ、蓮田は単身森見宅を再訪した。この時間であれば貢が在宅していると踏んだからだ。

だが、この日最初に会ったのは両手にゴミ袋を提げて玄関から出てきた沙羅だった。

「また来ると思った」

蓮田の姿を認めた沙羅はひどく辛そうだった。

「そんな顔、するなよ。まるで俺が悪人みたいじゃないか」

「辛いのは将ちゃんが来たからじゃないの。将ちゃんを見て辛くなっている自分が嫌なの」

「そいつは悪かった」

「プライベートな用事なら、こんな時間に来たりしないよね。刑事の仕事なんでしょ」

「宮仕えは辛い」

「この家の誰を疑っているの」

「特定の誰かじゃなくて全員を疑っている。捜査しているのは、可能性のない容疑者を一人一人除外していくためだ」

「どんな容疑」

「捜査上の秘密」

「将ちゃん、捜査一課だよね。わたしもネットニュースを漁《あさ》ってみた。ここ数日の事件で県警本部が出動するような事件は何があったのか」

「沙羅には関係ない」

「一つだけ、それらしいのを見つけた。吉野沢の仮設住宅で町役場の職員さんが殺された事件」

つくづく沙羅の勘の良さが鬱陶しい。

「旦那かお父さんが人殺しをしたと疑っているんだ」

「違う」

「じゃあ、わたしを疑っているの」

「刑事を問い詰めるなよ」

「問い詰めたくなるのも当然でしょ」

沙羅は片方のゴミ袋を突き出す。運ぶのを手伝えということらしい。歩き出した沙羅の横に並ぶかたちでついていく。

「俺を家から遠ざけようっていうのか」

「訪問の目的をはっきり聞かないことには家の敷居をまたがせたくない」

「勘弁してくれ。これは公務なんだ」

「じゃあ公務執行妨害でわたしを逮捕したらいい」

「……前より気が強くなった」

「大事なものを色々失くしたもの。大事なものを護《まも》るためには強くならなきゃいけないから」

またか、と蓮田は思う。失うものがなかったというだけで気後れを感じてしまう。

ゴミの集積所までは、あっと言う間だった。沙羅がゴミ袋を置いた横に蓮田も置く。

「沙羅と一緒にゴミ捨てするのも高校の時以来か」

「将ちゃん。もし旦那かお父さんが事件の容疑者だったら逮捕するの」

「そういう仕事だ」

「ふうん」

沙羅は踵を返して自宅へ戻る。

「万が一にもウチの家族に手錠を掛けるような真似をしたら、二度と家に立ち寄らないで。二度と話し掛けないで」

「キツいな」

「どっちがキツいと思っているのよ」

不意に沙羅の声が大きくなる。

「十四年ぶりに会えた幼馴染みが父親や旦那を殺人犯の容疑で疑っているのよ。仕事だから裏切りとは言わないけれど、わたしにとってこんなに酷《ひど》い仕打ちはない」

言われてみれば沙羅の立場で物事を考えたことなどなかった。気まずさと申し訳なさで、蓮田は返す言葉もない。

玄関先まで戻ると、沙羅はこちらの顔も見ずに告げた。

「会いたいのはどっち」

「貢に会いたい」

「あと三十分もしたらお父さんと一緒に県庁に出掛ける。手短に済ませて」

「分かった」

沙羅に続いて家の中に足を踏み入れたと同時に、彼と出くわした。

「何だ、お客さんか」

部屋着なので即座に識別できなかったが、そこに森見善之助が立っていた。善之助は蓮田を一《いち》瞥《べつ》し、ほうと口を開けた。

「ひょっとして蓮田さん家の将悟くんか。久しいな」

蓮田は一瞬戸惑う。昨日、予算特別委員会の壇上で見せた傲岸不遜ぶりはどこへやら、そこに立っているのはどこにでもいそうな気のいい親爺だった。

「ご両親は元気かい」

「お蔭様で息災です」

「それはよかった。寿命を待たずにいなくなるのは堪えるからね。わたしらはもうじき出掛けるが、ゆっくりしていったらいい」

　善之助が自室のある方向へ消えていくと、沙羅は蓮田を客間に放り込んだ。居心地悪く座っていると、すぐに貢が姿を現した。

「邪魔している」

「性懲りもなく、また来たのか」

「三十分しか時間が取れないから手短に済ませろと言われた」

「今すぐ帰ってもらってもいいんだぞ」

「訊きたいことを訊いたら、即刻退散するさ」

　貢は顰め面のまま蓮田の正面に座る。

「ところで婿養子どの」

「嫌みのつもりか」

「森見家の事情を考えたら、沙羅と結婚したお前が婿入りするのは当然の成り行きだったろうから、別に嫌みのつもりはない。ただ同じ婿養子でも下にも置かない扱われ方をされる者もいれば、使用人同然にこき使われるヤツもいる」

　貢の表情に朱が差す。

「お前が森見議員からどんな扱いを受けているか、議員関係者から聞いた」

「どうせ対立している会派の人間からだろう」

「通常の秘書の仕事以外にも、いかがわしい見張りをさせられているらしいじゃないか」

「あいつらは義父の評判を落とすことに血道を上げている」

「森見議員後援会の関係者からも同じ証言を得ている」

「……相手は全員商売女だ。援交でもなけりゃ不倫でもない」

「それでも地元のマスコミには知られたくないんだろう。だからホテルとかを使わない」

「いくら独身でも、不特定多数の女性と付き合っていたら女性票が飛んでいく」

「腹は立たないのか」

「議員のためには粉骨砕身するのが秘書の務めだと教えられた」

粉骨砕身どころではない。プライドの高い貢は心まで殺している。

「本当に議員のためを思っているのなら、女遊びをやめるように諫言《かんげん》するべきじゃないのか。第一、沙羅に知られたらどうするつもりなんだ」

「とっくに知っている」

貢は皮肉な笑みを浮かべた。

「決して許してはいないが、しょうがないと諦めている。父娘でもお互いいい大人だ」

「いい大人同士かもしれんが、あまり健全とも言えんな」

「部外者は黙っていろ」

「森見議員からもそう言われたのか」

「黙っていろと言ったはずだ」

「お前が喜んで尻尾を振っているとは、どうしても思えない。婿養子の立場はともかく、森見議員に首根っこを押さえられているのか」

「何のことだかさっぱりだな」

「〈祝井建設〉の役員の中に森見議員の名前がある。登記簿を読むと、新工場設立と同時期に役員に就任している。お前の婿入りと役員就任を条件に新工場設立の費用を提供した。だからお前は森見議員に頭が上がらない」

「想像するのはお前の勝手だ。勝手に想像して幼馴染みを嗤っていればいい」

「同情されるよりはマシってことか」

貢の顔が奇妙に歪む。自尊心を刺激された様子に、蓮田は優越感と罪悪感を同時に味わう。

「なあ、貢」

「親しげに呼ぶな。刑事として訊いているんだろうが」

「もしかしてお前、森見議員から見張り以上に理不尽な命令をされているんじゃないのか」

返事が途切れた。

「仮設住宅跡地の再開発事業は、関係者に多大な利潤をもたらす。森見議員もその一人だ。次の選挙を控えて資金はいくらあっても多過ぎることはない。再開発事業促進のためには計画通り仮設住宅を撤去しなきゃいけない。お前は森見議員から命を受けて何かしたんじゃないのか」

「何を疑っている。はっきり言ってみろ」

「八月十四日、夜八時から十時にかけてどこにいた」

「ほお、アリバイ調べか。俺を犯人だと疑っているんだな」

「慌てるな。一定条件にある関係者にだけ訊いているんだ」

「祝井の人間を陥れて出世できるなら、親父さんと同じことをするって訳だ。血は争えんな」

「……答えてくれ」

「八月十四日ね」

貢は懐からスマートフォンを取り出し、何度か表面をタップしてみせる。

「残念だな、刑事。その日、午後七時から十時にかけて森見議員は後援会長と会食している。志津川の〈くにもと〉っていう割烹《かっぽう》の店だ。当然、俺も議員と一緒にいた」

「そうかよ」

貢は小さく上唇を舐める。

「話はこれで終わりか」

「ああ、約束通りすぐに退散する。見送りはしなくていい」

「誰がするか」

客間に貢を残して、蓮田は玄関を出る。幸い沙羅も見送りには出てこない。

蓮田は車庫に回る。中に駐車されているのはベンツS５５０だった。

頭の隅で両角の報告が甦る。

『この〈ADVAN Sport V105〉はベンツSクラス、ＢＭＷ Ｘ３といった主に高級外車に装着されているタイヤです』

その両角から借り受けた鑑識用粘着シートを取り出し、蓮田は四本のタイヤのパターンに押し当てる。

貢はアリバイを告げた際に上唇を舐めた。本人が気づいているかどうかは知らないが、これこそ貢が嘘を吐く時の癖だった。結婚して沙羅がついていながら癖は治らなかったものとみえる。

では貢が虚偽を述べたのは、証言のどの部分だったのか。

『その日、午後七時から十時にかけて森見議員は後援会長と会食している。志津川の〈くにもと〉っていう割烹の店だ。当然、俺も議員と一緒にいた』

会食の事実は〈くにもと〉に問い合わせればすぐに確認できる。同席しているメンバーも同様に確認できる。いずれにしても店に事情聴取すれば判明するはずだ。

タイヤのパターンを複写し終えると、蓮田は速やかに森見宅を後にする。十メートルも進むと、電柱の陰から笘篠が出てきた。

「取れたか」

蓮田は返事をする代わりに粘着シートを掲げてみせる。

「よくやった」

「でも笘篠さん。これは所有者の承諾を得ずに採取したものです。公判で採用するのは困難ですよ」

「公判に必要となったら改めて採取すればいいだけの話だ。第一、あのベンツの所有者が誰なのか知っているか」

「森見議員じゃないんですか」

「陸運局に確認した。名義は森見沙羅になっている」

笘篠の口ぶりには自信が窺える。森見議員や貢では採取に抵抗するだろうが、沙羅が相手なら苦もなく説得できると考えているのだ。

「本人にぶつけてみたのか」

「きっちりアリバイを主張してきました。容易に白黒がつくアリバイですけど」

「じゃあ、さっさと白黒つけるさ」

もう笘篠は蓮田の覚悟を問おうとはしなかった。


県警本部に戻った二人は粘着シートを鑑識に預け、次に件の料亭に向かった。

〈くにもと〉は志津川地区でも震災を免れた老舗《しにせ》の料亭だった。蓮田が事前に調べてみたが、ネットには口コミ一つ掲載されていない。言い換えれば、軽々しくネットに感想を書き込むような客を座敷に上げていないのだろう。

女将《おかみ》を捕まえた笘篠は早速、事件当日の会食について確認する。

「森見先生と後援会の田崎《たさき》様ですよね。ええ、八月十四日の夜七時から十時まで〈霞《かすみ》の間〉でご歓談されていましたよ。日頃からお二方にはご贔屓《ひいき》いただいております」

「秘書の方も同席しているんですか」

「はい、毎回ご一緒されています。ただお食事はお一人だけ隣の部屋で摂っていらっしゃいます。森見先生に呼ばれたら、すぐに対応できるようにと説明されました」

宴席でも貢は使用人扱いなのか。横で聞きながら蓮田は不憫《ふびん》に思う。貢が吐いた嘘はこの部分だったのか。

「七時から十時というのは確かですか」

「前菜からデザートまで時間に沿って運ばれますからね。皆様、完食されて。お見送りは午後十時を少し過ぎた頃でした」

〈くにもと〉から吉野沢の仮設住宅までクルマで飛ばしたとしても十五分。さほど遠い距離ではないが、七時から十時までのアリバイが証明された今は何の意味もない。

捜査は空振りだったが、蓮田は安堵した。今回の事件で何度こうした矛盾に襲われたことか。

「憑《つ》き物が落ちたような顔だな」

捜査本部に戻る車中、笘篠が話し掛けてきた。

「今まで憑かれたような顔をしていましたか」

「余裕がない風だったな」

「正直、知り合いを疑うのは今回限りにしたいです」

「俺たちが事件を選ぶことはできない」

ふと思い出す。前回の事件は笘篠個人に大きく関わるものだった。笘篠には身を切るような内容だが、それでも事件は容赦なく発生する。その意味で事件は一種の災厄だ。人を選ばず、突然に襲い掛かってくる。

これで振り出しに戻った。そう考えながら刑事部屋に戻ると、笘篠の机の前で両角が待ち構えていた。

「一致したぞ」

前置きも何もない。両角が興奮している証拠だった。

「お前たちが持ってきた粘着シートのパターンと、現場に残っていたタイヤ痕が一致した。それだけじゃない。粘着シートに付着していた砂の一部は現場の砂と同一のものだった」

思わず蓮田は笘篠と顔を見合わせた。

四　獲得と喪失

1

笘篠と蓮田の持ち帰った粘着シートは捜査本部を活気づかせるのに充分な役割を果たした。

「森見県議のクルマか」

捜査会議の席上で蓮田から報告を受けた東雲は意外な感に打たれたようだった。

「宮城県議会で森見善之助と言えば最大派閥の長だ。不動産絡みだと推測していたが、まさか議員が網に引っ掛かるとはな」

「最大派閥の長だからこそ災害公営住宅に関しての許認可を左右できます。また議員の婿養子は実家が地元建設業者です」

「仮設住宅から公営住宅への移転が早くなれば跡地の再開発が容易になる、か。掛川勇児を殺さなきゃならん動機はまだ不明だが、一応の線は繋がる」

「ただベンツの所有者は娘である森見沙羅の名義になっています」

「財産隠しで不動産や高級車を家族名義にするのはよくある手だ。それに殺害と密室の偽装は婿養子が実行したにせよ、森見議員が全く無関係だったとは思えない。婿養子の実家はよく知られた建設業者だったな」

「〈祝井建設〉。地元では大手の一つですよ」

「それなら建設課の掛川に接触していた可能性も大だ」

「しかし犯行時刻、森見議員と婿養子にはアリバイが成立しています」

料亭〈くにもと〉における森見善之助と貢のアリバイを説明されると東雲は忌々しそうな表情を浮かべたが、すぐ元に戻した。

「証言したのは料亭の女将だろう。議員から偽証を頼まれるか、贔屓にしている客の便宜を図っている可能性もある。任意で引っ張って、もう一度事情聴取してもいい」

途端に場の空気が張り詰める。捜査方針を指示する者としては当然の発言かもしれないが、換言すれば笘篠たちの訊き込みを十全には信用していないことになる。普段は捜査員の士気を考慮する東雲にしては軽率な言動だが、それだけ担当管理官として追い詰められている証左でもある。

捜査員の中にはさっと顔色を変えた者もいるが、笘篠本人は眉一つ動かさない。管理官を相手の鉄仮面ぶりは尊敬に値すると思った。

「料亭の女将を含め、森見議員の周辺から情報を掻き集めます」

命令される前に己がすべきことを越権にならない範囲で告げる。見事な対処ぶりだが、こういう男だから上司に煙たがられる。

会議が終わると蓮田は笘篠に駆け寄り、会議室から引っ張り出した。

「どこへ連れていくつもりだ」

「早く管理官たちの視界から遠ざけたいだけです。ところで、本当に〈くにもと〉を再訪するつもりですか」

「捜査会議の席で公言したからには行く。行って再度聴取する。ただし同じことは訊かない」

「管理官への義理立てですか」

「森見議員と婿のアリバイを証明する人間が後援会長と女将の二人もいる。完璧なアリバイだが、完璧ほど疑わしいものはない」

「誰かが嘘を吐いていると考えているんですね」

「偽証しているかどうかを確認するだけでも意味がある。第一、俺は『料亭の女将を含め、森見議員の周辺から情報を掻き集めます』と言った」

なるほど、『女将』よりも『森見議員の周辺』に比重を置くという訳か。

「とりあえず誰から回りますか」

「料亭で議員の相手をした田崎後援会長から話を訊く」

笘篠は蓮田を伴い、志津川地区の高台中央住宅地に向かった。この辺りは移転が大方終わり市街地を形成しつつある。真新しい店舗や住宅が並び、相応の賑《にぎ》わいがある。

田崎後援会長の店舗兼自宅はその一角にあった。

〈田崎不動産〉の看板を掲げた店舗は間口が狭い分、全面ガラスの窓には所狭しと住宅情報が張り出されている。

今日が定休日の水曜日でなくて助かった。物件の現地案内でもなければ、従業員は事務所に常駐しているはずだ。果たして中に足を踏み入れると、当の本人が暇そうに応接ソファに座っていた。

「ほう、県警の刑事さんですか」

警察手帳を提示された田崎弦蔵《げんぞう》は興味深げに二人の顔を見た。齢は七十過ぎだろうか、頬も目蓋《まぶた》も弛《たる》んでいるが眼光だけがやけに鋭い。老いて尚、油断ならぬ雰囲気を漂わせている。

「しかも捜査一課ときた。いったい、俺に何の疑いが掛かっているんかね」

「田崎さんは森見善之助議員の後援会長をされているんですよね」

笘篠が問い掛けると、田崎はそれがどうしたというように怪訝な顔を見せる。

「ああ、そろそろ四半世紀の付き合いになるな」

「後援会長になるきっかけは何だったんですか」

「俺の高校の先輩が橋渡しだった。今度、同級生が県議会議員に立候補するんで応援してやってくれと頼まれた。それ以来だよ」

「応援というのは具体的に何だったんですか」

「後援会を作って盛り上げてくれって話だ。選挙運動には人も手間も要る。候補者とその家族だけじゃビールケースに乗って辻立ちするのが精一杯だ」

「ジバン（地盤）、カンバン（看板）、カバン（鞄）の三つのバンが必要と言いますね」

「親が議員でないならカンバンとカバンを駆使する以外にない。笘篠さんだったな。あんた、県議会議員選挙にいったいいくらカネがかかるか知っているかい」

「最低、供託金が必要なことくらいは」

「供託金は六十万円。もちろんそれだけじゃない。人件費、家屋費、通信費、印刷費、広告費諸々で二百万円から八百万円。とても一般市民が捻出できるカネじゃない」

「その資金を田崎さんが融通したんですね」

「言っとくが選挙違反なんかしちゃいねえよ。俺だってしがない不動産屋だ。八百万円なんて現金を右から左に動かせるはずがない。それこそ森見善之助の政治信条に共感する連中を集めて手弁当同然で応援する訳さ」

ふっと田崎の顔が懐かしげに緩む。

「うん、最初の選挙は面白かったな。負けはしたが、それまで選挙運動なんかしたことがなかったから、やること為すことがいちいち新鮮で選挙期間中は柄にもなく燃えた。お互い血気盛んで理想もあった。それだけに落選が決まった時には、森見と一緒にがくっときた。まあ、そん時の悔しさが次の選挙の勝ちに繋がったんだから良しとしたがな」

「今や森見善之助と言えば県議会最大派閥の長です。もう選挙で苦戦を強いられることはないでしょう」

「地盤ができたから心強くはあるけどな。最大派閥の長だろうが何だろうが油断はできんよ。選挙結果は常に人心とともにある。有権者の気持ちが理解できなくなったら、たちまち寝首を掻かれる」

「今でも不安を感じる、と。しかし、田崎さんが依然として後援会長を続けている理由はそれだけなのですか」

「もちろん森見善之助の人品骨柄《じんぴんこつがら》に惚《ほ》れているからさ」

当然だと言わんばかりの口ぶりだった。

「初当選の頃は若さで売るより仕方なかったが、二回三回と当選回数を増やす毎に生来の人情味、面倒見の良さが発揮されてきた。震災の時、カミさんと家を流されたにもかかわらず避難所へ物資を届けるのに奔走し、自分のことは後回しだった。進んで警察や消防署の窓口になり、被災者の安全に気を配った。ただ肩書が欲しいだけの議員に、あんな真似はできんよ」

森見善之助が人情に厚いのは子どもの頃から聞き知っている。蓮田には新鮮味のない話だったが、議員というフィルターを通せばまた違った評価が生まれるのだろう。

「義侠心《ぎきょうしん》溢《あふ》れる話です。しかし震災から数年、落ち着きを見せてきた南三陸町において森見議員の後援会長を続ける意味をお訊きしたいですね」

「いやにこだわるんだね、刑事さん」

「こだわる理由がありますからね。現在、森見議員は最大派閥の長であり、復興に関わる公共事業の許認可に介入できる立場にあります」

「俺が不動産屋だから、何かしらの恩恵があるんじゃないかって疑っているのか」

「公共事業と不動産業が無関係なはずもない。刑事でなくても疑う者は疑いますよ」

「あんたたち、いったい何を調べてるんだい」

「少なくとも公職選挙法絡みの捜査ではありません」

「無関係なはずもない、か。確かに何も知らないヤツはそう思うんだろうな」

田崎はついと視線を外して天井を仰ぎ見る。

「気になる言い方をしますね。事情通ならそんな見方はしないというんですか」

「いかにも雑な見方って意味さ。ひと口に不動産と言ったって場所によりけり、事情も様々だからな」

「我々、不動産については素人でしてね。詳しい話を聞かせてください」

「震災以降、被災地の土地相場がどう変動しているか知ってるかい」

「いいえ」

「宮城県全体だとひと坪あたりの単価は震災直後の十二・三万円から十五・四万円と一・三倍になっている。震災以前に戻りつつある傾向で、場所によっちゃあ震災前より上昇しているところもある」

「復興が進んでいる証拠ですね」

「投機対象だったとしても値上がりが見込める物件でなけりゃ、誰も手を出さないからな。復興が進んでいるという見方自体は間違いじゃない。しかし、それはあくまで宮城県全体の平均値だ。市ごと地区ごとに見てみると、その落差に呆れる。この辺りだってひどいものだ。何故だと思う」

「他の被災地に比べて復興が進んでいないからでしょうね」

「そうだ。当然、土地に対しての思惑は場所によって大きく変わってくる。仙台市内みたいにいち早く復興が進んだ地域なんかは、ちょっとしたバブル景気なんだぜ」

　実際に仙台市内も志津川地区も見ているので田崎の話が嘘でないのは分かる。だが数値を聞かされると、それほど格差があるのかと複雑な心境にもなる。

同じ時刻に同様の被害に遭いながら片や復興の槌音が鳴り響く場所があり、別の片方は未だ仮設住宅が撤去できない有様でいる。人の流れや経済の偏在もあるだろうが、あまりの落差に切なささえ覚える。

「なるほど。数字というのは重宝しますね。今まで漠然と思っていたことが、具体的に理解できる」

「ウチもこの辺りにいくつか土地を持っているが、ここ数年でも一割の上げ幅じゃ売買しても利ザヤは稼げん」

「しかし再開発となれば話は別でしょう」

挑発気味の質問に、田崎の顔が強張る。

「再開発というのは新しい街の創出ですよね。当然その土地には従来以上の価値が出る」

「そりゃあ当然過ぎるくらい当然さ。再開発ってのは資産価値の嵩《かさ》上げが目的の一つだ。土地の価格を上げて固定資産税を多く徴収できるからな」

「それを期待する有権者も少なくないのではありませんか」

問われた田崎はじろりと笘篠を睨む。

「不動産屋や建築屋も含めて、という意味なら間違いじゃない。この地区に住む全員の悲願と言っても過言じゃない。なあ、いったい何を調べている。公職選挙法絡みじゃないなら何だってんだ」

「八月十五日、吉野沢の仮設住宅で役場の職員が死体で発見された事件をご存じですか」

田崎はやっと合点がいったという顔をした。

「まさか森見が殺人事件に関与していると考えているのか」

「森見議員だけではなく、仮設住宅跡地の再開発に関係する全員を疑っています」

「森見がその職員を殺して何か得るところがあるのか。言っとくが、万が一森見に動機らしきものがあったとしても森見本人が手を下すなんてことは有り得ない」

「断言するんですね」

「俺を含め、森見善之助を慕う人間は山ほどいる。殺しなんて汚れ仕事を本人にさせると思うか」

「死体が見つかった前日の十四日の夜、田崎さんは料亭で森見議員と会食していたようですね」

「〈くにもと〉か。ああ、憶えている。約束は夜七時からだった。三時間くらいは飲み食いしたかな」

　夜七時から十時まで二人が〈霞の間〉で歓談していたのは既に女将が証言している。田崎の言はその証言を補完するものだった。

　だが、田崎は何と言ったか。

『俺を含め、森見善之助を慕う人間は山ほどいる。殺しなんて汚れ仕事を本人にさせると思うか』

　言い換えれば森見善之助の思いを汲《く》んだ者が殺人を代行するという意味にも取れるし、あるいは平気で偽証するという意味にも取れる。

　思わず蓮田が割って入った。

「秘書が同席していましたよね」

「ああ、あの婿養子か。うん、会食の始めから終わりまで隣の部屋に『よし』の状態だったな」

「よし、とはどういう意味ですか」

「ほれ、飼い犬に『お手』とか『待て』とか命令するだろ。その『よし』だ。アレは森見から許可がない限りメシも口出しもできないようにしつけられている。あの日は俺たちより先に食事を終わらせるために『待て』はしなかったな。お蔭で三時間、余人を交えずゆっくり話ができた」

貢を犬呼ばわりしやがって。

蓮田の憤りを知ってか知らずか、田崎は嬉々《きき》とした口調で続ける。

「あの婿養子はよ、沙羅ちゃんの幼馴染みなんだ。沙羅ちゃんがぞっこんだったらしいが、ちょうど震災であいつの実家が流された直後に婿入りしているから、沙羅ちゃんの恋心を利用して逆玉に乗ったってのが大方の見立てだ。実際、実家の建築屋は沙羅ちゃんとの結婚直後に持ち直したからな。本人は何も言わんが、森見の側から資金提供があったに決まってる。カネで買われて婿に入ったようなものだ。飼い犬ってのは、そういう意味だ」

無意識のうちに前傾姿勢になる。すんでのところで筈篠が制止してくれなければ、田崎に摑みかかっていたかもしれない。

「最後にもう一つだけお訊きします。吉野沢の仮設住宅がいち早く撤去されて、得をするのは誰ですか」

「直接的にか間接的にか」

「両方でお答えください」

「どちらにしても住民全員だろうな。今も住んでいる連中には悪いが、再開発が始まらないことには景気はいつまで経っても頭打ちだ」

田崎は不敵な笑みを浮かべて挑発するように言う。

「この国は壊して、また建て替えることで発展してきた。スクラップ・アンド・ビルド。被災地も同じだ。崩され、壊され、流された跡に新しい街を創って再生が始まる。流されっぱなしじゃ何も始まらん。森見善之助という男はな、宮城を、南三陸町を復活させるのには絶対に必要な人間なんだ」

田崎不動産を辞去すると、先を歩く笘篠はしばらく黙り込んでいた。こういう時、沈黙に耐えきれずに口を開くのは決まって蓮田の方だ。

「さっきはすみませんでした」

「幼馴染みを犬呼ばわりされて、かっとしたか。捜査中だ。我慢しろ」

笘篠は振り向いてこちらの顔色を窺ってきた。

「お前はお前で探りたいところがあるみたいだな」

やはり見透かされていたか。

「森見議員の側ではなく、殺された掛川の周辺を洗ってみようと思います。ただ……」

「昔馴染みだから話せないこともあるんじゃないのか。折角、与えられた警察手帳だ。内ポケットに入れたままじゃ使いでがないぞ」

笘篠は有無を言わせず同行するつもりのようだ。蓮田の目指す場所はここから目と鼻の先にある。蓮田は仕方なく、笘篠を連れていくことにした。

南三陸町役場・病院前駅の近くに車を停めて少し歩くと、〈友&愛〉の事務所が見えてきた。

事務所を訪ねると、チーフの桐原あかねという女性が応対してくれた。

「折角ご足労いただだいて恐縮ですが、大原さんは会員さんのケアに出掛けて不在なんですよ」

蓮田は心中で舌打ちをする。事務所に常駐する仕事でないのは分かっていたが、前回は同じ時刻にいたのですっかり当てが外れた。

「知……大原さんが戻るのはいつ頃ですか」

「会員さんの状況次第なので、はっきりとは申せません」

蓮田は後ろに控える笘篠に目で詫びる。すると笘篠はずいと進み出て、桐原の前に立った。

「お伺いしたいのですが、大原知歌さんはいつからこちらのスタッフになったのですか」

「〈友&愛〉が設立されたのは震災の起きた翌年ですが、大原さんは設立二年目からのメンバーですね。求人情報を見て応募されたんです」

「こうしたNPO法人は人が集まりにくいと聞いたことがあります」

「被災者のケアが主な業務なので介護福祉士、臨床心理士、公認心理師、その他の資格がなければボランティアもできません。元々求められる資質のハードルが高いんです。だから大原さんみたいな優れた有資格者がスタッフに加わってくれて、本当に助かっています」

「失礼ですが、それだけ資格を取得していれば他にも条件のいい求人があったでしょうに」

「何より被災者に寄り添いたいという大原さんの強い希望があったんです」

桐原の口調が一段落ちた。

「大原さん自身が被災者です。珍しい話ではありませんけど津波で両親も家も失い、一時は虚脱状態だったと本人から聞いています。どうしてあの時、両親と一緒にいてやれなかったのかと、よく悔やんでいました。笘篠さん、でしたね。あなたも被災されたのですか」

「家族を、失いました」

「それなら大原さんの気持ちは理解していただけると思います」

自分の家族を護れなかったことに対する代償行為。言葉にすれば薄っぺらに聞こえがちだが、笘篠を見てきた蓮田には罪悪感を伴って理解できる。おそらくは県民のほとんどが同じ境遇ではないのか。

「時間が全てを解決するなんて大嘘でしてね。もう震災からずいぶん経ったというのに、まだ失ったものの大きさから立ち直れない人が沢山います。被災者のケアをしているわたしたちも、ケアを施すことで自分を救っているのですよ、きっと」

笘篠は、もう何も答えなかった。

一人蓮田が居心地の悪さを感じている時、ポケットに突っ込んでいたスマートフォンが着信を告げた。

発信は知歌からだった。

「俺だ。どうした」

『助けて、将ちゃん』

ただならぬ事態であるのが声で分かった。

『今、襲われて』

「どこだ」

『吉野沢の仮設住宅』

「待ってろ、今すぐいく」

相手の声が洩れ聞こえたのか、笘篠と桐原の顔色も変わっていた。

2

覆面パトカーを飛ばして十五分ほどで吉野沢に到着した。

トラブルの場所は一目瞭然だった。皆本老人の家の前で三人の男が破壊活動に勤しんでいた。抵抗する知歌を羽交い締めにしているのは一番非力な男に見える。後の二人は棒切れで窓ガラスを叩き割っていた。

器物損壊の現行犯。罪名を思いつく前に足が出た。笘篠もほぼ同時に駆け出す。二対三で人数では分が悪いが、蓮田も笘篠も体格に恵まれ腕にも覚えがある。

まず蓮田は男に飛び掛かり、強引に知歌から引き剝がした。突然現れた蓮田たちに驚きながら、男は反撃に出る。

繰り出された右ストレートが頰を掠《かす》る。掠らせたのはわざとだ。これで公務執行妨害も成立する。

だがそうそう思い通りにはならなかった。相手も愚かではなく、瞬時に蓮田の腕っぷしを体感したのか、巧みに攻撃を逸らしてくる。

組んでいる最中に焦ったのがよくなかった。

ふっと男の姿が消える。

身を低くして視界から外れたと気づいた時には遅かった。片足をすくわれ、体勢を崩した蓮田は堪《たま》らず地面に転がされる。

元よりこちらを組み伏せる気はないのだろう。男は倒れた蓮田を尻目に脱兎《だっと》のごとく駆け出した。

「待て」

蓮田が叫んだ時には、他の二人も笘篠に背を向けて逃げ出したところだった。

不覚だった。

急いで立ち上がろうとしたが、視界の隅に倒れ伏した知歌を見ると、彼女の安否が気になった。

笘篠は三人の後を追ってどんどん遠ざかっていく。齢を食っているが脚力は蓮田より上だ。追跡は笘篠に任せるとしよう。

「大丈夫か」

知歌はぶるぶると震えながら、差し出した手を握り締める。ふらふら立ち上がると、破砕された窓ガラスの方へ歩いていく。

「皆本さぁん」

呼びかけに応じて、部屋の奥から恐る恐るといった体で皆本老人が姿を現した。どうやら奥に身を潜めて男たちの暴虐から逃れていたらしい。

「もう、あいつらは行ったのか」

「このお巡りさんたちが追い払ってくれました」

正確には逃げられただけなのだが敢えて訂正しなかった。

「どういうことか説明してくれ」

「どうもこうもなくて」

知歌は思い出したように満面で怒る。

「いきなりだよ、いきなり。家の中で皆本のおじいちゃんと話していたらあいつらがやってきて、窓を壊し始めたのよ」

蓮田は破砕された窓に視線を移す。仮設住宅といえども寒冷地仕様の窓は二重サッシになっており、簡単に砕け散るような代物ではない。だが無数に罅が入ってしまえば使い物にならない。

「知っているヤツらか」

「〈シェイクハンド・キズナ〉というNPO法人の板台っていう人。他の二人は知らない」

「どうしてあいつらが皆本さんを襲うんだよ。あいつら、仮にも同じNPO法人なんだろ」

「棒切れで窓ガラス割り始めたから、わたし表に出て何してるんだって訊いたの。そうしたら板台が、『皆本さんのために壊してるんだ』って。仮設住宅に住めなくなれば嫌でも移転しなきゃならないからって」

「何だ、その屁理屈《へりくつ》。まるで地上げ屋の言うことじゃないか」

「まるでじゃなくて、まるっきりそうよ。無理やり皆本のおじいちゃんを追い出そうとしているのよ」

「皆本さん。こういう乱暴は今までにもあったんですか」

「棒っ切れを持ち出されたのは、これが初めてだな」

皆本老人はしばらくぶりに息をしたかのように長く嘆息をする。天井を見上げる目には怯《おび》えの残滓《ざんし》と自己嫌悪の色があった。

「公営住宅へ移れ移れと、鬱陶しいくらいに言われ続けた。終いには言葉遣いが恐喝めいてきたが、暴力までは振るわれんかった」

これまでにも前兆があり、遂に実力行使に出たという次第か。

「しかし、どうしてNPO法人が地上げ屋の真似をしなきゃならないんだ」

「〈シェイクハンド・キズナ〉は、元々迷惑系のNPO法人だったの。それが最近は反社会的勢力に変貌したのよ」

知歌は迷惑系NPO法人なるものの説明を始める。彼女の上司である桐原あかねによれば、収入源の枯渇した〈シェイクハンド・キズナ〉は生き残りの道を模索した挙句に暴力団と結託したらしい。なるほど、それなら板台たちが地上げ屋紛いの行動に移ったのも合点がいく。

「大規模な再開発をするとなったら大手ゼネコンや地元の建設業者はずいぶん儲かるってチーフが言ってた。皆本のおじいちゃんを仮設住宅から追い出したいのは撤去を早めるためだと思う」

「ますますもって地上げ屋だな。よく監督官庁がそんなNPO法人を放置するもんだ」

「迷惑系になる前からノーマーク。どこかが正式に訴えて表沙汰にしない限り、取り合ってくれないんだろうね」

知歌は憤然としたまま黙り込む。

束の間の沈黙の後、皆本老人が重そうに口を開く。

「もう、俺はどこにも住めないのかなあ」

「そんな、おじいちゃん」

「津波で丸ごと家を持っていかれてよ。やっと仮設住宅に落ち着いて残った者同士で慰め合っていたら、一人また一人といなくなっちまう。こんな齢になって、また話し相手や呑み仲間が作れるとは思えねえ。そもそも今でさえもぎりぎりの生活の俺が公営住宅に移れるはずもねえ。追い出されるのも時間の問題ときた」

「そんな真似はさせません。さっきのならず者なら逮捕してやりますよ」

「違うのよ、将ちゃん」

「何が違うんだよ」

「〈シェイクハンド・キズナ〉とは関係なく、皆本のおじいちゃんを含めて、仮設住宅に残った三世帯は立ち退きを迫られているの」

知歌は憤然としながら説明する。

当初、仮設住宅の入居期限は災害救助法で原則二年と定められていた。現在まで仮設住宅が継続しているのは偏《ひとえ》に復興事業が遅延しているからに相違ない。実情に合わせるかたちで入居期限は延長され続け、遂に一九九五年に発生した阪神・淡路大震災時の五年を上回ってしまった。

徒《いたずら》に入居期限を延長させることは復興事業の妨げになりかねない。そこで県は、仮設住宅は被災者に一定期間住居を供与するという建前であり、供与期間が終了した時点で引き渡すという大前提を引っ張り出してきた。仮設住宅の供与期間終了後は、住民への訪問、協議を続けるものの、平行線を辿る場合はやむを得ず法的措置となる事例を認め、その法的根拠となる基礎情報の収集を各管理市町村に依頼したのだ。

「政策上の都合か。しかし、いくら立ち退きを命じられたって移転先がなければどうしようもないだろう」

「立ち退きを拒み続けたら、いずれは民事調停の上で強制執行されるんだよ。下手したら将ちゃんと同じ警察官が無理やり皆本のおじいちゃんを仮設住宅から追い出すんだよ」

要するに、公園からホームレスを追い出す方式と理屈は同じだ。何のことはない。県のやろうとしている施策は、板台がしていることと五十歩百歩ではないか。

皆本老人がじろりとこちらを一瞥する。じわりと蓮田は居心地が悪くなる。

罅の入った窓ガラスを放置しておく訳にもいかず、蓮田は名刺をもらっていた〈ヤマトハウス〉の高橋に連絡してみる。

『よく電話してくれました。町のガラス屋さんに頼むよりウチの方が在庫もあるのでお値打ですよ』

見積もりを出してもらってから、改めて皆本老人に決めさせる。彼の境遇を知れば修繕費の捻出も容易ではないだろうが、蓮田や知歌が口出しできる案件とは思えない。

「取りあえずは新聞紙を張るなりブルーシートで覆うなりせんと夜も眠れん。でもガラス代がいったいいくらになることやら」

「皆本のおじいちゃんが負担しなくていいかもしれません」

肩を落とす皆本老人に知歌が寄り添う。

「県の定めた〈宮城の将来ビジョン・震災復興実施計画〉の行動方針の中に、『被災者の安全な住環境を確保するため、被災した住宅の応急修理や被災した宅地・擁壁の復旧を支援する』という文言があります。一度申請してみます」

「頼むよ」

これ以上は喋りたくないという様子の皆本老人を励ましながら、知歌は蓮田を伴って皆本宅を出る。

「今から役場に行って交渉してくる」

「それはいいけど、さっきの復興実施計画の話は大丈夫なのかよ。復興支援の骨子はもっともだが、既に撤去が予定されている仮設住宅に適用できるのかよ」

「申請してみなきゃ分からない」

「やっぱり見切り発車か」

「これが初めてじゃない。今までにも、通るかどうか一か八かで申請したことが何度もあるもの」

知歌は憤懣遣る方ないという口ぶりで抗議した後、口を噤む。吐き出すことを吐き出すと、急に押し黙るのは昔と変わらない。

しばらく閉じていた唇が開くと、知歌はすっかり意気消沈していた。

「最近、復興の意味が分からなくなった」

「復興は復興だろう。そのための法律や条例が山ほどあるんだし」

「将ちゃんも聞いていたでしょ。国や自治体が制定する法は街をどこに創るとか、どうすれば災害に強い建物を造れるとか、〝ガワ〟しか決めない。そこに住む人たちのケアを全然考えていない。あのね、身寄りもおカネもない被災者は皆本のおじいちゃんだけじゃないの。志津川地区だけじゃなく宮城県、宮城県だけじゃなく被災地全体だと何百人何千人といる。でも国はそういう人たちの暮らし向きが元に戻ることよりも新しい街作りを優先する。真新しい建物、人が賑わう街ができれば、それが復興だと考えている。違う、そんなの」

蓮田は言葉もない。国や自治体が定められるのは制度だけで、人の気持ちを斟酌《しんしゃく》するまでには至らない。司法システムの末端に働く者として蓮田も制度設計の限界を知っているつもりだったが、現場で困窮する者の声を聞く知歌に言えることではない。

「仮設住宅に住んでいた人たちは元々同じ地区の住人だったけど、強制的に公営住宅に移転させられて近所付き合いも地域の絆も取り上げられた。毎日、会員さんの許を訪問してケアしているけれど、ただ住まわされているだけで心は満たされていない。被災した人たちは今も拠り所を失ったまま彷徨《さまよ》っている」

知歌の愁嘆を大袈裟だと謗る者がいるかもしれない。衣食住が保障されていれば充分だろうと口を尖らせる者がいるかもしれない。

だが知歌自身が両親と家を流され、いっときは居場所を失くしていたのだ。同病相憐《あわ》れむではないが、彷徨う者の心細さは彷徨う者にしか分からない。

「さっきの窓ガラスの修繕にしても、仮設住宅に関わる問題は山積している。災害公営住宅への移転が決まっている今でもね。これまでは掛川さんが窓口になってくれていたから、何か問題があれば彼に言えばよかったんだけど」

「役場だぞ。担当者がいなくなれば当然、引継ぎがあるだろう」

「それが、まだ完璧には対応できないって。昨日も別の問題で役場に連絡したんだけど、あちこちたらい回しにされた」

電話では一向に埒《らち》が明かないから直接乗り込もうという肚《はら》か。

「掛川さんの対応はどうだったんだ。判で押したようなお役所の対応だったのか」

「ううん。掛川さんなりに真摯な対応をしてくれていたみたい。でも所詮は行政側の人間だから、結局は早期退去するように説得するしかなかった。本人も辛かったと思う」

「即断即決はいいが、窓口とトラブルを起こすなよ」

「トラブル上等」

「おいって」

「それくらいの覚悟がなきゃ通せるものも通せないってこと」

まさか自分が知歌に同行する訳にもいかない。逡巡《しゅんじゅん》していると、向こうから笘篠が戻ってきた。きっちり板台に手錠を嵌めて連行している。

「一人しか捕まえられなかった」

「一人で充分ですよ」

「そうだな。三人分喋ってもらうとするか」

知歌を残すことに多少の不安はあったが、蓮田は笘篠とともに県警本部へ戻るしかない。

取調室での板台は打って変わって従順そうに見えた。笘篠の聴取にも素直に応じ、抵抗する素振りもない。器物損壊も公務執行妨害も呆気なく認めた。

ただし動機についてはのらりくらりとはぐらかし続けた。

「だからね、刑事さん。俺たちはＮＰＯ法人の職員だから、常に善意をプレゼントするように心掛けているんですよ」

「そのプレゼントが器物損壊か。笑わせるな」

「確かに強硬手段なのは認めますけどね。ああでもしないと、あのおじいちゃんは仮設住宅から立ち退けない。公営住宅にも移り住めない」

「だから仮設住宅に住めなくしてやるというのか。もう少しマシな理屈をこねたらどうだ」

「こっちは大真面目なんですけどね。あのまま仮設住宅で粘っていても、遠からず強制的に追い出されるんだ。早めに自分から出ていった方がいいに決まっているでしょう」

「本音だとしたらとんだ勘違いだし、嘘だとしても見え透いている。そろそろ正直に話せ。誰の命令で地上げ屋みたいな真似をしている」

「何度も言ってるように俺たちは純然たる善意で」

笘篠はゆっくりと板台の頭に手を添えた。

「お前の三文芝居に付き合っている暇はないんだ」

「奇遇ですね。俺も忙しいんですよ」

「破壊活動にか。だったら留置場に連泊してもらう羽目になる」

不意に板台の眼光が鈍くなる。

「刑事さん、宮城の人ですよね」

「それがどうした」

「だったら俺たちのしていることが社会貢献だと認めてくれなきゃ」

「またぞろ下らん屁理屈か」

「屁理屈じゃなくて事実です。例の津波で被害を受けて災害危険区域に指定されたのはどれだけあるか知ってますか」

「改めて数えたことはない」

「岩手、宮城、福島の三県二十五市町村で一万五千ヘクタール以上。その大部分は各自治体が買い取って再利用を目論んでいる。元々はほとんどが住宅地だったから利便性が高くて、使い方次第じゃ復興の推進力にもなる。それなのに、まだ三割以上が遊休土地としてほったらかしになっている」

「吉野沢の仮設住宅を指しているのか」

「まあ、あそこも遊休土地と言えばそうですね。吉野沢みたいな移転元地の整備には復興交付金を使えるんだが、それもいつまで続くか分からない。期限を過ぎたら各市町村の負担になる。元より予算不足で汲々《きゅうきゅう》としている市町村に移転元地を開発する余裕はない。いいですか、もう時間はない。今のうちに吉野沢を再開発しなきゃ、あの土地はもう二度と生き返らない。津波に流された人間みたく死んだままに」

「うるさい」

笘篠の低い声が板台を遮る。

その顔を見て蓮田までがぞっとする。相対する者を灼《や》き殺すような目をしていた。

「何をほざいてもいいが死者を冒瀆《ぼうとく》するのだけはよせ」

剣呑《けんのん》を察知したらしく、板台は降参するように両手を掲げてみせる。

「はいはい、悪うございました。ともあれ我々は被災者のみならず、被災地のいち早い復興を願って日夜活動しているのですよ。その理念は認めてほしいものです」

「少なくとも連泊は認めてやる」

取調室を出る笘篠の表情は冴えなかった。

「なかなか暴力団と結託している事実を認めませんね」

「認めた瞬間に裏切り者に認定されるからだろう。賢《さか》しらに振る舞っていても所詮は末端の構成員だ。構成員なら構成員なりの訊き方がある」

「まさか。取り調べの一部始終は録画されているんですよ」

「早とちりするな。本人があれだけ隠し立てしているんだ。関係者がおいそれと身柄を引き取りにくるとは考え難い」

「引き取りにきた時点で関係者の素性がバレますからね」

「時間の許す限り、念入りに尋問してやるさ」

だが言葉とは裏腹に笞篠の表情があまり冴えないのは、板台の容疑が軽微だからだ。器物損壊罪の刑罰のみで三年以下の懲役又は三十万円以下の罰金若しくは科料。スジ者には勲章にすらならない。逆に言えば容疑者との交渉材料にもならない。

「四十八時間が過ぎたらどうしますか」

「改めて〈シェイクハンド・キズナ〉を洗ってみる。無駄足かもしれないが、掛川の殺害に話が絡んできたら御の字だ」

現状は新たな切り口を見つけて調べるしか、他に手がなかった。

3

逮捕した板台には前科があった。

板台享児《きょうじ》四十四歳、滋賀県出身。〈シェイクハンド・キズナ〉の設立は阪神・淡路大震災直後だが、板台が同NPO法人に入会したのも、ちょうどこの頃だったらしい。〈シェイクハンド・キズナ〉は設立当初から違法じみた行為で批判を浴びていたが、事由の一つは板台の素行にある。被災地となった神戸市長田《ながた》区の空き家に無断で侵入して窃盗を働いたのだ。見回りをしていたボランティアに見咎められて逮捕、執行猶予つきの有罪判決を受けたが、〈シェイクハンド・キズナ〉は板台を退会させようとはしなかった。

「〈友&愛〉の桐原あかねチーフによれば、収入源の枯渇した〈シェイクハンド・キズナ〉は生き残りの道を模索した挙句に暴力団と結託したらしいです」

蓮田の報告を受けて、自席に座った笘篠は合点がいったように頷く。

「前科持ちの板台を手放そうとしなかったのは、設立当初から反社会的な活動を念頭に置いていたからかもしれんな」

「改めての疑問ですが、仮にもNPO法人ですよ。最初からヤクザを目指していたなんて、ちょっと想像つきませんね」

「主宰の人間性でNPO法人の性格は左右される。代表の春日井仁和とかいう人物はかなり問題があるみたいだな」

「でも板台と違って、春日井には前科がありませんよ」

「捕まるようなヘマをしなかったからじゃないのか」

過去に何らかの事件に関与していない限り、警察のデータベースに春日井の資料は存在しない。どんな人物かは板台のような人間を使い続けている現状から類推するしかない。

ただし、笘篠と蓮田はネットニュースで春日井のインタビュー記事を閲覧している。でっぷりと肉のついた身体にアルマーニを着込み、ＮＰＯ法人代表というよりも胡散臭いフロント企業の役員にしか見えなかった。

「板台が勝手に皆本老人の住まいを襲撃したとは考え難い。春日井の指示があったとみるべきだ」

蓮田が同意しようとしたその時、笘篠の卓上電話が鳴った。受話器を取った笘篠は電話の向こう側の声を聞き、わずかに口角を上げる。

「可能な限り、面会者をその場に引き留めておいてください。今からそちらに向かいます」

電話を切ると、笘篠は苦笑したままこちらを振り向いた。

「噂をすれば何とやらだ。板台の面会に春日井が現れた」

思わず腰が浮きかけた。

「折角向こうから足を運んできてくれたんだ。丁重にお出迎えしようじゃないか」

面会室に足を踏み入れると、ちょうど留置係が初老の男性と話しているところだった。

見紛うはずもない。この男が春日井仁和だ。ネットニュースに載っていた頃より更に太ったようだが、眼光は鈍く昏《くら》い。着ているジャケットは仕立てが良くオーダーメイドのものと分かる。腕時計はロレックス、靴はクレマチス銀座と高級品で揃えられている。

「〈シェイクハンド・キズナ〉代表の春日井さんですね」

「そうですが」

「捜査一課の笘篠といいます。こっちは蓮田。少々、お時間をいただけませんか」

「あまり時間に余裕がないのですが」

「逮捕された板台氏に関してなのですがね」

水を向けられると、春日井は仕方ないというように嘆息してみせた。

取調室に誘われると、春日井は露骨に顔を顰めた。

「まるで、わたしが調べられるような雰囲気ですね」

「本日、面会に来られた目的を教えてください」

「面会にいちいち理由が必要ですかな」

「まだ勾留中の容疑者なので、証拠隠滅や捜査情報漏洩の惧れを払拭できません」

「わたしが板台くんに頼まれて証拠隠滅を謀っているとでも言うのですか」

「目的さえお聞かせいただければ疑いもしません。ひょっとして保釈手続きですか」

「保釈など考えていません」

春日井は事もなげに言う。

「事情はどうあれ、被災者の方に迷惑を掛けたのは事実ですから、相応の償いをさせるべきだと思っています。牢《ろう》の中で己を見つめ直す、よい機会でしょう」

「器物損壊に公務執行妨害。おまけに彼には前科もある」

「実刑は免れないでしょうが、板台くんは手前どもにとって、なくてはならぬ人材です。一日でも早く解放されるよう、弁護士とも相談して対処する所存です」

相応の償いをさせると言っておきながら、舌の根も乾かないうちに早急に釈放させると言い放つ。矛盾に気づいていないのか、それとも元より気にしていないのか。

「彼のした行為をご存じですか」

「棒切れで他人様の家の窓ガラスをたたき割ったようですな。何でも相手はご老人だったそうで、要らぬ不安を与えてしまい、誠に申し訳ない」

「老人でなくても、いきなり棒切れで襲い掛かられたら怯えますよ。〈シェイクハンド・キズナ〉の活動というのは尾崎豊《おざきゆたか》の歌をなぞることなんですかね」

まさか、と春日井は一笑に付す。

「〈シェイクハンド・キズナ〉の活動理念は被災者に寄り添い、生活不安の解消と希望ある未来を目指すことです」

「それにしては言行不一致ですな。板台のしたことは希望ある未来を目指すどころか単なる破壊行為で、仮設住宅の入居者を徒に怯えさせるだけです」

「破壊行為は事実でしょうが、希望ある未来を目指すという目的からはあまり外れていないかもしれませんよ」

「『あのまま仮設住宅で粘っていても、遠からず強制的に追い出される。早めに自分から出ていった方がいいに決まっている』。取り調べの際、板台はそう供述しましたが、あれは〈シェイクハンド・キズナ〉の理念と受け取ってよろしいですか」

「仮設住宅を破壊するのは明らかに方法を間違えていますが、一刻も早く公営住宅に移転するという考えは全くもって正しい。要は方法論の違いでしょうな」

「方法論の違いで日常を脅かされるなんて堪ったもんじゃない」

笘篠は吐き捨てるように言う。だが春日井はどんよりとした視線を投げるだけで、まるで気にする様子がない。

「仮設は所詮仮設であって永続できるものではありません。早期の移転が、結局は被災者の幸福に直結するのです」

「板台から聞いた時にも思いましたが、地上げ屋の言う理屈そのものですね」

春日井は太々《ふてぶて》しく笑う。

「どうも地上げにマイナスのイメージをお持ちのようですが、再開発事業は国策ですよ。あなたたちの雇い主である国の方策です。ただそれを実行するのがスーツを着込んだ銀行マンなのか、背中に彫り物を入れたスジ者かの違いだけです。外見が違っていても、していることに違いはない。地権者を宥めすかし、時には札束で頬を張る。それは、やはり最終的に本人に希望ある未来をもたらし、国の発展に寄与することなのです」

春日井の弁を聞いていて、太々しさが何に由来するのか、うっすらと理解できた。

開き直りだ。

春日井も、そしておそらくは板台も自分たちの行為が被災者のためだとは微塵《みじん》も考えていない。ヤクザ紛いの狼藉《ろうぜき》だと自覚しているのだ。

「国の発展に寄与する、ですか。ご立派ですね。ところで〈シェイクハンド・キズナ〉の活動資金は、いったいどこから調達されているのですか」

ＮＰＯ法人の収入と言えば次の主な六つだ。
・会費
・寄付金
・助成金
・補助金
・収益活動・事業収入
・融資による借入金
〈シェイクハンド・キズナ〉のような団体で見込めるとすれば助成金と補助金、そして融資による借入金くらいのものだろう。だが春日井の羽振りからは資金の潤沢さが窺われる。

「そちらの事業報告書を拝見しました。貸借対照表や財産目録を見る限り、定期的な収入は見当たりません。会費にしたところで、〈シェイクハンド・キズナ〉の会員は四十名にも満たない。正直、事務所のテナント料を支払うのが精一杯じゃないんですか」

対して春日井は眉一つ動かさない。

「何やら、わたしどもがＮＰＯ法人として真っ当ではない収入を得ているような物言いですね」

「おたくはグッズ販売もしていない。収益活動はゼロです」

「不定期に寄付を頂戴しています。被災者に寄り添うという会の趣旨に賛同される方が大勢いらっしゃるのですよ」

笘篠の挑発に乗ることもなく、春日井はのらりくらりと躱してくる。今までに何度も追及の手を逃れてきた手練《てだ》れのやり口に見えた。

「先刻からあなたの質問は〈シェイクハンド・キズナ〉に関するものですね。板台くん云々の質問はエサでしたか」

質問は巧みに回避する一方で、刑事の尋問に怯《ひる》むことなく決して迎撃を忘れない。わずかのやり取りで春日井が海千山千であると分かる。

ただし海千山千というなら笘篠も同様だ。

「いえ、板台の供述内容とあなたの話が見事に合致するので、仮設住宅への襲撃も〈シェイクハンド・キズナ〉の教育の賜物《たまもの》なのかと邪推しかねないのです」

「その点は、わたしの不徳の致すところとしか言いようがありません。ただ当会の台所事情を心配していただくには及びませんね。最前も地上げ地上げと言われましたが、仮にもNPO法人として認可されている団体を反社会的勢力と同列に語られるのは心外です」

「他人の家の窓ガラスを割ろうとするのは、紛れもなく反社会的行為ですよ」

「だから板台くんには相応の罰を与えてほしいと考えているのです」

水掛け論だ、と蓮田は思った。互いに攻め、互いに逃げるばかりで議論が嚙み合わない。

「もう、よろしいですか。わたしも暇ではありませんので」

席を立つ春日井を、笘篠は止めようとしない。

「では、別の機会に改めてお話を伺うとしましょう」

「別の機会が訪れないことを祈るばかりですよ」

春日井を解放しても、笘篠は難しい顔をしていた。

「あれでよかったんですか、取り調べ」

春日井自身に何の容疑も掛かっていない以上、尋問にも限界がある。事情は承知していても、最後まで太々しい態度が癪《しゃく》に障った。

「本人から供述が取れれば一番いいんだが、それが無理なら本人以外を当たるさ」

笘篠が蓮田とともに足を向けたのは組織犯罪対策部五課のフロアだった。

「〈シェイクハンド・キズナ〉の春日井仁和か」

五課の山縣《やまがた》はすぐに思い出したようだ。

「名前に聞き覚えがあるのは、何かの事件に関わっているからか」

「いや、地元の暴力団員と会食していたのを目撃されただけだ。相手が相手だから一応リストに載せてはいるが、春日井本人が事件関係者という話じゃない。一課では何の容疑でヤツを追っているんだ」

「こっちも似たようなもんだ。本人じゃなく、その繫がりに関心がある。五課では〈シェイクハンド・キズナ〉をどこまで調べている」

「今も昔も迷惑系のＮＰＯ法人ってことくらいだな。捜査対象じゃないから踏み込んだ調査はしていない。ただし、代表の春日井がまるっきり堅気の人間でないのは分かるぞ」

「根拠は」

「まあ、勘だな」

山縣は衒《てら》いもなく言う。

「アバウト過ぎないか」

「そうでもないぞ。ヤー公たちの相手を五年もしてみろ。堅気かそうでないかの違いは臭いで識別できるようになる。暴力に慣れた者とそうでない者、倫《みち》に外れた者とそうでない者の違いは明白だ」

胡乱《うろん》な理屈ながら山縣の言葉は自信に満ちている。五年の知見が言葉に説得力を持たせているのだろうが、長らく強行犯を担当している蓮田にも理解できる領域だった。現場を何百回も回り、何十体もの死体を見、容疑者の数々の虚偽と付き合えば、嫌でも識別能力は向上する。

「俺たちは現に起こってしまった事件しか扱えない。情けないことにな、精々スジ者に睨みを利かすくらいで未然に事件を防ぐのはほぼ不可能に近い。一課もそうだろう」

「一課は死体が転がってナンボだ」

「春日井に目をつけたのはさすがだな。ああいうヤツは遠からず何かしでかす。張っておいて損はない」

「もう少し手が足りたらいいんだが」

結局、五課を訪ねても有益な情報は得られなかった。だが、これで諦めるような笘篠ではなかった。地下駐車場のレガシィに乗り込むと、自らハンドルを握った。

「笘篠さん、いったいどこに行く気なんですか」

「蛇の道は蛇だ。五課に訊いて埒が明かないのなら、同じ臭いがするヤツに訊く」

二人を乗せたレガシィは多賀城市《たがじょう》中央《ちゅうおう》三丁目に入った。ここまで来れば目指す場所は蓮田にも見当がつく。

「笘篠さん、俺はあまり気が進みません」

「相手が堅気じゃないからか。それともあいつだからか」

「両方ですよ」

「汚れた情報を拾うんだ。泥濘《ぬかるみ》に手を突っ込むくらいはする」

雑居ビルの一室、〈エンパイア・リサーチ〉のプレートが掛かった部屋の前に立ち止まる。笘篠がインターフォンで来意を告げる。以前は問答無用でドアを叩いたものだが、蓮田の知らぬ間に相応の礼儀を交わす間柄に変わったらしい。

「よお、笘篠の旦那」

ドアの隙間から顔を覗かせたのは五代良則《ごだいよしのり》だ。

「入ってもいいか」

「入るなっつっても入るんでしょ、どうせ」

事務所の中は雑然としていた。各種名簿類のファイルはキャビネットの中に収まっているものの、脱ぎ散らかしたジャケットや灰皿から溢れんばかりの吸い殻が目につく。勧められもしないのに笘篠が手近な椅子に座るので、蓮田もそれに倣う。

テーブルの上には琥珀色《こはくいろ》の液体が入ったグラスが一脚置いてある。

「昼間から酒盛りか。結構な身分だな」

「笞篠さんみたいな宮仕えじゃありませんからね。勝手に飲《や》らせてもらいますよ」

刑事二人を目の前にして、五代はお構いなしにグラスを傾ける。大した扱いだが、裏を返せば大して疚《やま》しいことをしていないという意思表示でもある。

五代は詐欺罪の前科を持っているが、何度か有益な情報をもたらしてくれたことも手伝って笞篠とは腐れ縁が続いている。蓮田としてはすぐにでも手を切ってほしいのだが、笞篠が言うことを聞いてくれないので困っている。

ただし笞篠が頼る気持ちも分からないではない。五代という男は決して清廉ではないが、理知的で妙な侠気も兼ね備えている。酔眼でも知性を感じさせ、詐欺の前科がありながら危うく信用してしまいそうになる。

「で、本日のご用向きは何でしょうかね」

「春日井仁和という男を知っているか」

「春日井仁和。どこかのNPO法人の代表でしたっけ」

「〈シェイクハンド・キズナ〉という団体だ」

「ああ、そんな名前でしたね。思い出した思い出した。育ちの悪そうな顔した野郎だった」

「春日井はスジ者か」

「少し違う。下手したら半グレと同等、あるいはそれ以下じゃないのかな」

五代は記憶を巡らすように天井を見る。

「確か大阪から流れてきた連中でしたっけ」

「会の設立は阪神・淡路大震災が契機だった」

「阪神・淡路大震災で生まれた似非《えせ》NPOが、東日本大震災まで食い物にしている訳ですか。まるで火事場泥棒だな」

「その口ぶりだと、いい噂は耳に入っていないようだな」

「NPOが非営利という意味なら、ヤツのしていることは全くNPOじゃありませんから。最初からシノギと公言しているスジ者の方がよっぽど潔いや」

「地上げのことを指しているのか」

「地上げはまだ真っ当な部類ですよ」

「最近、会のメンバーが仮設住宅の窓ガラスを割った」

「ガキですか。いや、俺が聞き及んでいるのは、もう少し派手だな。住人を脅したり殴ったりして無理に追い出すとか」

「器物損壊どころか傷害じゃないか」

「本来の地上げってのは、もっとスマートなんだよ。だから地上げはまだ真っ当な部類だと言ったんです」

五代の口ぶりからは春日井たちへの侮蔑が聞き取れる。蓮田にしてみれば五十歩百歩の同族だが、当人は異民族と考えているのだろう。

「悪質な地上げをしているとして、春日井にどんなメリットがある」

「当然、再開発を進めようとしているゼネコンやら地権者が潤うから、汚れ仕事を依頼されてるんだろう」

「汚れ仕事なら、それこそ本物のヤクザに依頼するんじゃないのか」

するとは五代は微笑みながら人差し指を振った。

「刑事さんが忘れちゃいけないな。暴対法施行以後、ゼネコンはヤクザに仕事を頼めなくなった。あくまでも表向きはね。それでも立ち退かせる必要が出てきたら実働部隊を向かわせなきゃいけない。さりとてヤクザ者は使えない」

「それで似非ＮＰＯ法人という訳か」

「ご名答。立ち退き交渉に非営利団体、しかも被災者に寄り添うことを標榜《ひょうぼう》する団体を使えば大義名分にもなるし、警察からもマークされにくい。当の似非ＮＰＯはカネになる仕事を喉から手が出るほど欲しがっている。一石三鳥という訳ですよ」

「春日井、いや、〈シェイクハンド・キズナ〉を顎で使っているのは誰だ」

五代は笘篠を片目で一瞥する。

「笘篠さん、捜査一課だったよな。強行犯と地上げが、どう繋がっているんだい」

「訊いているのはこちらだ」

「念のために言っておくけど、あの連中に殺しなんて大層な真似はできねえよ。所詮、半グレにもなれない中途半端なヤツらだ」

「半端な人間も、何かの弾みで人を殺さないとも限らない。傷害の延長に発生する殺人もある」

五代は笘篠を探るような目で見る。

「笘篠さん、ひょっとして答え合わせにきたのか」

「そう思うのなら、早く教えてくれ。春日井は誰の命令で動いている」

「俺が現場を見た訳じゃないし、根拠もねえ。あくまでもあの界隈に流れている噂に過ぎないよ」

「根も葉もない噂なら流れる前に潰れる。そもそも、その手の情報を吟味するのが仕事だろう」

「見透かされているみたいで、あまり愉快じゃないな」

五代は、ついと笘篠から視線を逸らした。

「南三陸町に〈祝井建設〉って建設業者がある。二代目は県議会議員の家に婿入りしているが、実質的な経営者だ。春日井を使っているのは、そいつだって話だ」

蓮田は思わず声を上げそうになる。

初めて笘篠は合点がいったという顔をする。

唐突に蓮田は、笘篠の狙いに思い至る。笘篠は貢に照準を合わせた上で情報を集めていたのだ。

仮設住宅を密室に偽装するには建設関係者の技術が必要であること。

妻である沙羅が所有しているクルマが犯行現場に出入りしていた事実。

そして貢が〈シェイクハンド・キズナ〉を使って仮設住宅の地上げを目論んでいたという噂。

別々の話を総合すれば、掛川を殺害した犯人は貢であると示唆しているのだ。

五代の事務所から退出した後も、蓮田は内心の動揺を気取られまいと必死だった。

「これで繋がりましたね」

「ああ」

「でも森見貢が掛川を殺した動機がまだ不明です」

レガシィの運転席に滑り込んでも、笘篠は言葉少なだった。だが何を考えているか、おおよその想像はつく。

掛川は実直な性格で、親身ではないがよく話を聞いていたという。つまり掛川が住民の気持ちを最優先して災害公営住宅への移転を妨げていた可能性がある。そうなれば仮設住宅跡地の再開発を進めようとする貢の障害になってしまう。

障害を排除するのに一番手っ取り早い方法は抹殺だ。

貢には〈祝井建設〉の従業員の生活を支える責任がある。いち公務員がその障壁として立ちはだかった場合、貢はいかなる行動を起こすのか。

考える度に胸が苦しくなっていった。

4

翌日、二人は南三陸町の料亭〈くにもと〉に向かっていた。

理由は言われずとも承知している。貢のアリバイを洗い直すためだ。五代からの情報で、貢が仮設住宅から住人を追い出しにかかっていたらしいと知れた。その上、貢には天窓を外せる技術もある。つまり動機と方法を兼ね備えていることになる。

残るはチャンスだ。貢が捜査線上から外れているのは、犯行時刻に森見議員と〈くにもと〉にいたというアリバイがあるからだ。このアリバイが破られたが最後、貢は最有力の容疑者として浮上する。

今日は蓮田がハンドルを握っている。笘篠は助手席でただ前を見つめている。

「急げ」

「え」

「制限速度は五十キロだ」

見ればメーターは四十キロの辺りを前後していた。蓮田は慌ててアクセルを踏み込む。

「考えごとか」

「いいえ」

「森見貢のアリバイ崩しは気が進まないか」

「私情は挟んでいないつもりです」

「なら、いい」

やがてレガシィは〈くにもと〉の駐車場に到着した。降車する際、笘篠は周辺をぐるりと見渡す。

女将を捕まえ、応接室を用意してもらう。再度の訪問に、女将は猜疑心《さいぎしん》も露わだった。

「森見先生と田崎様のご会食の件は、先日お話しした通りでございますよ」

しかし女将さん、と笘篠は穏やかに食い下がる。

「お得意さんで、しかも県議会議員とその後援会長です。ただの会食であったとしても外に洩れては困る話題があるでしょう」

「もちろん心得ております。本来は前菜からデザートまでをひと品ずつお出しするのですが、温かいうちに召しあがっていただきたい焼物や椀物《わんもの》以外はふた皿ずつお出しして、なるべく邪魔にならないように心掛けております」

「同行した秘書も同じメニューなのですか」

「違いますよ」

女将は当然だと言わんばかりに即答する。

「座敷の二人はコース料理ですが、秘書の方は一品料理のみのご提供です」

やはり議員たちと同じものは食えないのかと、蓮田はわずかに同情する。

「一品料理。それでは皿の上げ下げに出入りすることもありませんね」

「はい。座敷のデザートを片づける際、一緒にお下げするようにしています」

「確認します。では最初に一品料理を出してから〈霞の間〉のデザートを片づけるまでの約三時間、秘書が待機する部屋には誰も足を踏み入れなかったのですね」

「そういうことになります」

思わず蓮田は笘篠に目配せする。

〈くにもと〉から吉野沢の仮設住宅までクルマで飛ばしたとして十五分。決して遠い距離ではなく、三時間もあれば現場で犯行を終えて舞い戻っても充分余裕がある。

蓮田の興奮をよそに、筈篠は平然と質問を続ける。

「では秘書が退席してしばらく戻らなくても、料亭の側では把握できないのですね」

ようやく質問の真意に気づいたらしく、女将は急に表情を硬くした。

「わたくしどもが知る限り、森見先生や秘書の方はずっとお料理を楽しんでいらっしゃいました」

「法廷で証言できますか」

「わたくしどもが知る限り、と申しました」

語るに落ちた、と思った。

「言い換えれば、途中で料亭を出た可能性もあるという意味ですね」

「お客様を四六時中、監視している訳ではありませんので」

筈篠の唇が微かに緩む。相手の弱みを摑んだと確信した時の顔だった。

「女将さん。駐車場に防犯カメラが設置されていますよね。データをお借りできますか」

途端に女将の顔色が変わった。

「それは正式な捜査の申し入れでしょうか」

「ちゃんとした手順を踏むなら捜査関係事項照会書を出しますが、そうなれば本案件と関係のないデータも分析の対象になるでしょう。たとえば森見議員以外にこの店を利用している客の出入りとか」

女将の顔がますます険しくなる。

南三陸町のみならず〈くにもと〉は近郷に名の通った料亭なので、森見議員以外にも贔屓にしている客が少なくない。中には会合を持つこと自体を知られたくない輩《やから》もいるだろう。

「小耳に挟みましたが、有名店であれば反社会的勢力と呼ばれる団体も利用しているかもしれませんね。店側で承知していても断る訳にもいかないでしょうから難しいところですな」

客のプライバシーを守秘する立場の〈くにもと〉にすれば、データ全てを分析されるのは何としても回避したい事態に違いない。笘篠はその悩ましい部分を突いているのだ。案の定、女将は追い詰められた小動物のように切実な表情になっていた。

「ただし今の時点で捜査にご協力いただければ、我々も必要のないデータは後順位に回せます。分析終了後は速やかにデータを返却することも約束しますよ」

後順位に回すだけで決して消去するとは言わない。相手に言質《げんち》を取られない言い回しだが、追い詰められた女将は逆らいようがない。

「本当に、即刻ご返却いただけますか」

「約束しますよ」

特に期限を設けていないから、返却が遅れても女将の側は文句一つ言えない。

「すぐに用意させます」

女将は笘篠をひと睨みしてから応接室を出ていった。

「引いたか」

「いえ」

笘篠は表情を失くしていた。

「強引な交渉に見えたか」

「捜査のためなら当然です」

口にしてから、あっと思った。

笘篠の真の交渉相手は女将ではない。

自分だ。

笘篠が脅迫紛いの交渉までするからには、貢を知悉《ちしつ》している蓮田も綺麗ごとでは済まされない。

過去の友情も絆も犠牲にして容疑者に向かわなければならない。

覚悟はできていたはずだったが、迷いも残っていた。笘篠はその迷いを断ち切ろうとしているのだ。


女将から提供された防犯カメラのハードディスクは、その日のうちに鑑識に回された。沙羅の名義であるベンツＳ５５０は既にナンバーも控えてあるので、すぐに判別ができる。

「当該車がいい場所に停めてあった。車種からナンバーまで一目瞭然だ」

鑑識課の両角はモニターを指差しながら説明を始めた。モニターにはベンツがテールランプを点灯する直前から映っていた。

「停めてあったベンツが料亭の敷地を出たのが午後八時十五分」

タイムコードが20:15を指した時、画面の奥から貢の姿が現れる。貢は辺りを警戒しながら素早く運転席に滑り込む。テールランプが点き、ベンツは撮影範囲から消え失せる。

「その後、戻ってきて当該車が同じ場所に駐車する。これが午後九時二十二分」

タイムコードが21:22を表示すると画面奥から同じベンツが出現し、最前の位置にぴたりと停まる。ドアを開けて貢が降車し、料亭へと小走りに駆け出す。

タイムコードが、貢のアリバイが破れた事実を代弁していた。

蓮田は困惑する。本来であれば昂揚《こうよう》するべきなのに頭の中が冷えている。状況を把握するために冷却しろと脳が命じている。

両角が立ち去ると、冷静になった頭がようやく回転し始めた。

「これで森見貢のアリバイが崩れました」

「ああ」

「任意で引っ張りますか」

「どう思う」

笘篠は逆に訊き返してきた。

「動機・方法・チャンスの三つが揃った。後は本人の自供だけだ」

「現状、自供は難しいと思います」

貢の性格と現在の立場を考え併せれば、笘篠や蓮田が尋問してもおそらく彼は容易に陥落しない。密室を構築した方法も動機もあくまで推測であり、料亭〈くにもと〉を出た貢が午後八時十五分から同九時二十二分までどこで何をしていたかが判明しない限り、とぼけられて終わりだ。

笘篠の尋問で落ちない容疑者は少ないが、貢は間違いなくそのうちの一人だろう。冷静で常に相手の隙を窺っている。味方にすれば頼もしいが、敵に回せばこれほど厄介な相手はいない。

「状況証拠だけではのらりくらり逃げられるのがオチでしょう。自供を引き出すには物的証拠が必要になります」

「俺もそう思う」

笘篠は短く答えたが、何やら含みのあるような口調だった。真意を尋ねようとした時、蓮田の卓上電話が鳴った。一階受付からの内線だった。

『吉野沢事件の担当者に面会希望です』

「誰ですか」

『被害者のご遺族とのことです』

掛川勇児の遺族と言えば妹の美弥子しかいない。彼女がいったい何の用なのだろう。

受付の声が聞こえていたらしく、笘篠は片手を上げた。

「防犯カメラの分析結果を課長に報告しなきゃならん。済まないが対応してくれないか」

常日頃、被害者遺族には正面から向き合う笘篠らしからぬ言葉だったが、来客を待たせては申し訳ないので単身一階フロアに向かった。

「捜査でお忙しいところを申し訳ありません」

久しぶりに見た美弥子は頬が少しこけていた。

「取りあえず落ち着ける場所に」

一階の隅、パーテーションで仕切られた一角に美弥子を案内する。話の内容が機密を要するものならば、すぐに移動するつもりだった。

「まだ犯人の目星はついていないんですか」

開口一番だった。新しい情報でも提供してくれるのかと期待していた分、蓮田は気落ちする。

「すみません。捜査の進捗状況はご遺族にもお教えできません」

「容疑者が特定できているかどうかだけで構いません」

それ自体が捜査情報なのだが、説明してもおそらく美弥子は納得してくれないだろう。

「捜査は進んでいる、とだけ申し上げておきます。もう少し待ってもらえませんか」

蓮田に見つめられると、美弥子は次第に俯《うつむ》き加減になっていく。頭の天辺《てっぺん》をこちらに向けたかと思うと、細く嗚咽を始めた。

テーブルの上に水滴が落ちる。

蓮田は慌てて自分のハンカチを取り出したが、差し出す前に美弥子が自前のハンドタオルで顔を覆った。

「すみません。最近、すっかり涙腺が緩んでしまって。まるで花粉症の末期症状みたい」

彼女の握ったハンドタオルは、取り出した時には既に撚《よ》れていた。ここに来る前に使用した証だった。

「事件のことを、兄のことを思い出す度に涙が出てくるんです。悲しいとか悔しいとか感じる前に、自然と溢れてきて」

情緒不安定になって心身の調整ができなくなっているのだろうか。だとすれば美弥子が戸を叩くべきは警察ではなく病院の方だ。

「ホントに悔しくて悔しくて。前にもお話ししましたけど、わたしたち兄妹は震災で両親を亡くしています。折角生き残れた兄をあんなかたちで奪われて、犯人が憎くて堪りません」

「犯人は必ず挙げてみせます。ですから心配しないように」

「刑事さんはそう言ってくれますけど」

不意に美弥子の目が昏い光を帯びる。

「森見善之助という県議会議員をご存じですか」

いきなり名前を出されて意表を突かれた。だが顔には出さずに済んだ。

「知っています。県議会最大派閥の長でしたね」

「議員の自宅が南三陸町の志津川地区にあることもですか」

敢えて答えずにいると、美弥子の顔に猜疑の色が差した。

「警察が森見議員の自宅を訪ねたのは本当ですか」

「誰がそんなことを」

「志津川地区にいる知人が教えてくれました。その知人はクルマが趣味で、車種がレガシィでリヤガラスがスモークガラスなら十中八九覆面パトカーなんだって」

不必要な知識を持った知人がいたものだ。蓮田は未知の人物に悪態を吐きたくなった。

「もし県議会議員が兄を殺した容疑者なら、警察は逮捕を躊躇しているのではありませんか」

「あなたは勘違いをしています」

我知らず声が大きくなってしまった。蓮田は自制心を総動員して落ち着きを取り戻す。

「まず車種とリヤガラスの仕様だけで警察車両と断定するのは早計です。ガラスをスモークにカスタマイズするクルマ好きは大勢います。また、仮に議員の自宅に警察車両が停めてあったとしても、お兄さんの事件とはおそらく関係ありません」

努めて淡々と話したのが功を奏したらしく、美弥子の表情から硬さが抜けていく。信用を取り戻すには、あとひと息だ。

「三番目が最も大きな誤解ですが、容疑者が県議会議員であろうが著名人であろうが、相手の肩書で警察が捜査の手を緩めるようなことは一切ありません。それは警察に対する侮辱になりかねません」

口にした瞬間、言葉は己の胸に突き刺さった。

相手の肩書どころではない。旧知の間柄という理由で腰が引けている自分は、もっと警察を愚弄しているではないか。

「すみません」

美弥子は俯き加減だった頭を更に低くした。

「警察を悪く言うつもりはないんです。でも、事件の報道があれ以来立ち消えになってしまい、歯痒《はがゆ》くて」

頼むから頭を上げてくれ。

罪悪感と自己嫌悪で胸が黒くなるように感じた。

「どうか頭を上げてください。ご遺族の無念は承知しています。後追い記事が出なくて焦る気持ちも分かります。ですが捨て鉢にはならないでください。必ず犯人は捕まえますから」

この場に笘篠がいれば安請け合いはするなと釘を刺すに違いない。だが美弥子に告げなければ、蓮田の自我が変調を来たしそうだった。

私情と公務がこんなかたちでせめぎ合うとは想像もしていなかった。

ようやく気を取り直したらしく、美弥子はゆっくりと顔を上げる。涙と鼻水に濡れて気の毒だったが、表情は穏やかだった。

「ご迷惑を、おかけしました」

「いえ」

「迷惑ついでにお願いがあります。もし犯人を逮捕したら、一番に連絡をいただけませんでしょうか」

「分かりました」

美弥子は最後に深々と頭を下げて県警本部を出ていった。

玄関まで見送った蓮田は今更ながら、自分一人に対応を任せた笘篠の真意に気づいた。〈くにもと〉の女将に強引な交渉を試みたのと同様、蓮田を被害者遺族の悲嘆に直面させたのも、私情を断ち切る方策だったのだ。

いささか強制的なやり口を恨んだが、その一方で感謝の念が胸に点《とも》った。

刑事部屋に戻ると、笘篠も自席に戻っていた。安手の椅子に背中を預けて宙空に視線を漂わせている。

「戻りました」

「ご苦労さん」

美弥子と何を話したのか訊こうともしない。きっと話の内容くらいは見当をつけているのだろう。

「考えごとですか」

「最後のピースを探している」

「動機と方法とチャンス。あとは」

「凶器だ」

五　援護と庇護

1

掛川勇児は後頭部を鈍器で一撃されていた。よほど重量のあるもので殴打されたらしく、創口《そうこう》は石榴のように割れていた。

解剖報告書には創口について更に詳細が記述されている。

「鈍器と言っても創口は凹型になっている。所見には記述されていないが、担当した解剖医は角張ったものが使われたんだろうと言っていたらしい」

笘篠の説明を聞いた時、蓮田が咄嗟に思いついたのは角材だった。重量があり、力任せに殴れば頭蓋骨を破砕できる。形状も創口を想起させる。

そして角材なら〈祝井建設〉に山ほど置いてある。

「現場付近に残っていたベンツのタイヤ痕は一往復分だった。お前はどう考える」

「掛川の行動はバス運転手の証言で途中までは分かっています」

掛川はバスで仮設住宅最寄りの停留所に降りている。役場の公用車は閉庁後で使用できなかったからだろう。

「おそらく森見貢は掛川に連絡し、バス停付近で落ち合った。彼のスマホが未だ見つからないのは、その記録を見られたくなかったからでしょう」

「その仮定だと、犯行はバス停と仮設住宅の中間地点で行われたという解釈になるな」

蓮田の思い描く経緯はこうだ。

貢が運転するベンツが料亭〈くにもと〉の敷地を出たのは午後八時十五分。貢は犯行現場で掛川と落ち合い、彼を殺害。死体をベンツに積んで吉野沢の仮設住宅に向かい、空き家に放り込む。その後〈くにもと〉に取って返し、午後九時二十二分に戻ってくる。

「死体を仮設住宅まで運んだとすれば、車内には掛川の血痕なり毛髪なりが残存している可能性があります」

「捜査令状がなけりゃ調べられる内容じゃないな」

「捜査会議に上げてみますよ」

直後に捜査会議があり、蓮田は容疑者の一人である貢のアリバイが防犯カメラによって破られたことを報告した。

「容疑者の本業を考えれば凶器はいくらでも揃えられる。建設業に従事しているから短時間で現場の採光窓を外せる。おまけにアリバイもなしか」

東雲は抑えた口調ながら明らかに興奮している様子だった。

「問題は動機と物的証拠だ。森見貢が実家の稼業のために仮設住宅の撤去を急いでいたというのも頷ける。ただし被害者の掛川勇児も災害公営住宅への移転を推進しなければいけない立場であり、森見貢と理由は違えど目的は同じだ。掛川を殺害しなければならない積極的な動機がまだ明らかになっていない」

一瞬、蓮田は返事に窮する。貢を最重要の容疑者にできない最後の壁がこれだ。

反面、最後の壁のお蔭で貢に手錠を掛けずに済んでいる。焦燥が同時に安堵でもあるのは皮肉としか言いようがない。

「動機は取り調べで吐かせるしかありません」

「何とも乱暴な方針だな」

珍しく東雲は苦笑する。叱責に至らないのは余裕ができた証拠だ。

「実は二課がこの案件に興味を示している。予《かね》てより県議会では選挙がある度に不法なカネが動いているという話があった。二課は出処《でどころ》不明のカネが最大派閥から流れていることまでは突き止めたが、今回の捜査で更に出処が特定できるのではないかと期待している」

「容疑者の義父である森見善之助は〈祝井建設〉の役員に名を連ねています」

「〈祝井建設〉が公共工事に絡めば、当然森見善之助の懐が潤う。任意で娘婿を引っ張って、殺人以外にも森見善之助の錬金術について証言が得られれば一石二鳥という訳だ」

森見議員の秘書を務める貢なら、カネの流れを詳細に把握しているに違いない。二課の読みはさすがに的を射ている。

「森見貢が、先日逮捕された板台の所属する〈シェイクハンド・キズナ〉を雇っているという情報もある。任意同行を求める理由としては充分だ」

貢が掛川を殺害したと立証できる物的証拠がない以上、東雲の方針は至極妥当なものであり反論の余地はない。

会議が終わるや否や、蓮田は石動の許に駆け寄った。

「森見貢は俺に取り調べさせてください」

普段は滅多に直訴などしない蓮田が頭を下げているためか、石動は胡散臭そうな目でこちらを見ている。

「容疑者とは顔馴染みだそうだな。私情が入らないか」

「顔馴染みだからこそ、相手の隙を把握できます」

「相手の隙を把握できるのは、向こうも同じじゃないのか」

「こっちは隠すことがありません。隠し事がある人間は必ず劣勢に立たされます」

「いいだろう、やってみろ」

そう告げてから、石動は笘篠に視線を移す。

「ただし笘篠が横につくのが条件だ」

「了解しました」

石動から離れると、蓮田は己を落ち着かせるために深呼吸を一つする。

尋問役を買って出たのは子どもじみた執着心からだ。

誰にもあいつに手錠を掛けさせたくない。誰にもあいつが首を垂れる姿を見せたくない。

俺以外には。

考えごとをしていると、いつの間にか目の前に笘篠が立っていた。

「もう、いいか」

それだけで、ずっと自分が見守られているのを知った。

「大丈夫です」

「行くぞ」

「場所は」

「森見議員のスケジュールは議会に照会して分かっている」


笘篠と蓮田が向かったのは石巻港《いしのまき》だった。石巻港は県北部の物流の拠点であり、木材・食品飼肥料・鉄鋼・造船・製紙関連の産業を支える臨海型工業港だ。石巻市の製造業就業人口の約三割の雇用にもなり地域経済の中核を担っている。

ところが東日本大震災により、岸壁、民間護岸、航路泊地等の主要な港湾施設は大打撃を受けた。また、三陸沿岸の広範囲に及ぶ地盤沈下に伴う高潮冠水が地域全体の課題となっている。

森見議員は石巻港復旧工事の進捗状況を視察するために足を運んでいた。もちろん秘書の貢も同行している。裏ガネ作りやら選挙工作やら黒い噂はあるものの、地域社会の復興に尽力しているのはさすがだと思う。

漁業が再開している傍ら、復興工事も同時に進んでいる。港湾には建機が行き来し、ヘルメット姿の作業員が動き回っている場所を離れると、漁師らしき男が岸壁に漁網を広げて手入れに余念がない。四角い木槌のようなもので漁網を軽く叩き、細かいゴミを取っている。

蓮田が森見議員と貢の姿を探している間、笘篠は作業員と漁師らしき男の動きを漫然と見ている。

「何しているんですか、笘篠さん」

「港の風景を眺めている」

「見たら分かりますよ。何か興味を惹くものがあったんですか」

「宮城県民なら興味あるはずだぞ。港湾の復旧工事と、以前と変わらない仕事。両方とも復興の槌音だ」

「そんな呑気なことを」

「呑気じゃない。切実なんだ」

蓮田は何も言えなくなった。

港湾の工事を請け負っているのは〈祝井建設〉だ。本来なら現場を指揮するはずの貢も、今日は視察のお供という立場だった。ところが肝心の視察団の姿がまだ見えていない。何か手違いでもあったのかと焦り始めた時、ようやく公用車の一団が現れた。

急いで森見議員と貢を探す。

いた。

森見議員は先頭のクルマから降りてきた。だが、それに先んじるはずの貢の姿が見えない。以降、次々に他の議員や秘書が降車したが貢はいない。

どういうことだ。

その時、最後列が見覚えあるベンツだと知った。ナンバーからも森見家のものであると分かる。

蓮田はとっさに駆け出したが、クルマから降りた人物を見て足を止めた。

沙羅だった。

彼女は蓮田の姿を捉えると、脇目も振らずに歩み寄ってくる。今更、蓮田に逃げ道などなかった。

「面食らっているみたいね」

「どうしてお前が、こんなところに」

「旦那は来ないわよ」

そのひと言で疑問が氷解した。

事前に情報が洩れているのだ。

「議員の秘書だろ。どうして貢が同行せずに沙羅がやってくるんだ」

「捜査本部じゃ旦那の方に照準を絞ったみたいね。議員視察の場に将ちゃんがいるのはそのためなんでしょ」

「捜査本部の話を、どうしてお前が耳にしている」

「県議会議員を長く務めていれば知り合いも増えるのよ」

クソッタレめ。

捜査本部の中で、議員に情報提供をしている不埒者がいるに違いなかった。すぐにでも裏切り者の名前を訊き出したいところだが、今は他に優先事項がある。

「旦那が人を殺したと、本気で疑っているの」

「お前に言ったところで仕方がない。どうせ捜査の妨害をして貢を庇《かば》うつもりなんだろう」

「逆よ」

「何だと」

「捜査本部が照準を定めた以上、わたしやお父さんがどれだけ頑張ったところでいつかは逮捕されるに決まっている。将ちゃんたちの噂は聞いた。とても優秀な刑事さんとコンビを組んでいるんだってね」

どう答えたものかと迷っていると、当の笘篠が背後からやってきた。

「つもる話か」

「いや、あの」

「悪いが俺は用事を思い出した」

笘篠は場違いとも思える言葉を平然と口にする。

「そっちは任せた」

信じられないことに、そう言い残すと笘篠は足早に立ち去ってしまった。何度かその背中に声を掛けたが、笘篠は振り返ろうともしなかった。

混乱する中、沙羅から事情を聞かなければならないという意識が辛うじて勝った。

「妨害するつもりはないと言ったな。どういう意味だよ。目の前で旦那に手錠を掛けられるのを見たいとでも言うのかよ」

「そんな訳ないじゃない」

沙羅はきっと抗議の目を向けてきた。

「逮捕するつもりで来たのよね」

「関係者に話す義務はない」

「馬鹿。そう打ち明けているのも同然よ。どうせお父さんと旦那の間柄も調べ上げたんでしょ」

「普通の婿と舅《しゅうと》の関係じゃないことは聞いている。そもそも公の場では議員と秘書の関係だ。普通の家庭と同列に語れるものじゃない」

「取り繕ってくれなくてもいい。お父さんが議員控室に不特定多数の女の人を連れ込んでいるのも、旦那が下僕みたいな扱いを受けているのも知っているんでしょ」

自嘲気味の言葉が少し震えている。喋るのをやめさせたい気持ちと先を促したい気持ちが綯《な》い交ぜになっていた。

「義父の性欲処理を庇《かば》う婿なんて醜悪以外の何物でもない。ウチは異常な家庭よ。もちろん諸悪の根源はお父さん。でもね、昔はあんな風じゃなかった」

「知っている」

「家では普通のお父さんで、他の女の人に興味を持つことなんて一度もなかった。でも、お母さんを亡くしてから一変しちゃった。まるで心の一部をお母さんと一緒に津波に流されたみたいだった」

「貢の扱いもそうなのか」

「旦那が婿に入ったのは、わたしの気持ちをお父さんが汲んでくれたからだけど、間違いなく自分の選挙区を継がせる意味があった。要するに親心のある政略結婚よ。だけど秘書を務めさせると、次第に婿という感覚が薄れていったみたい。議員と秘書の関係って聞いたことあるかな」

「秘書は議員の影、だったかな」

「議員のためなら一命を賭すのも当たり前。歪んだ考え方だけど、その世界にいると慣れてくる。ウチはこの数十年は政治家の家だから、わたし自身も慣れちゃっていた部分がある。だから旦那がお父さんにいいように扱われても、どこかで諦めていたフシがある。お母さんを亡くしたお父さんに同情していなかったと言えば嘘になる」

蓮田は唐突に理解した。自嘲気味だったのは家族に対してではない。歪んだ家族を肯定していた沙羅自身に対してだったのだ。

「この間は、万が一にもウチの家族に手錠を掛けるような真似をしたら、二度と家に立ち寄るなと言っていた。どういう風の吹き回しだい」

「あの時はあの時で必死だった。でも捜査本部が乗り出したのなら何かの証拠が出てきたんでしょ」

蓮田は返事に窮する。まだ物的証拠は見つかっていない。貢を任意で引っ張ろうとしているのは見切り発車と言ってもいい。だが、折角沙羅が誤解してくれているのなら、それを利用しない手はない。

「物的証拠があるなら、もうわたしの手には負えない。将ちゃん、旦那が〈祝井建設〉の仕事欲しさに人まで殺すと思う？」

「個人的には信じ難い。いや、信じたくない」

「お父さんの命令じゃないかな。お父さんは〈祝井建設〉の役員であると同時に、県議会最大派閥を率いる古参議員でもある。政治におカネはいくらあっても足りない。仮設住宅の再開発で儲かるのなら、きっとお父さんは手段を選ばない。旦那に命令して実行させる」

歪《いびつ》な構図だが、森見議員と貢の関係を知れば眉唾とも思えなくなる。

「自首させて、将ちゃん」

沙羅は懇願するように、こちらを上目遣いで見る。

「自首したら罪は軽くなるんでしょ」

「仮に貢が犯人だったとして俺なんかの言うことを聞くと思うか。昔、俺の親父があいつの父親に何をしたか忘れた訳じゃあるまい」

「忘れていない。それで旦那が将ちゃんと仲違《なかたが》いしたままなのも知ってる。でもお願い、あの人の罪を少しでも軽くしてやって」

貢がおとなしく自首してくれれば事件は早期解決する。沙羅には気の毒だが、森見議員の錬金術も白日の下に晒される。二課も県議会絡みで腰を上げるに違いない。

「貢が全てを自白したら森見議員にも累が及ぶぞ。それでもいいのか」

「構わない」

決然とした口調に、蓮田は救われる。

「今までが変だった。それなのに気づかないふりをしていた。わたし、旦那が好きで結婚したのに、いつの間にかお父さんの奴隷にしていた。もう、嫌なの。旦那を楽にさせてあげたい。だけどお父さんも軛《くびき》から解放してあげたい」

「軛だって」

「お父さん、とても悔しかったのよ、お母さんと家を津波に流されて。昔の思い出も根こそぎ奪われて。お父さんが災害に強い街、被害に遭わないような街づくりを目指しているのは正しいことかもしれないけれど、そのためならどんな犠牲も厭わないなんて本末転倒している。お父さん、津波に遭った日からすっかり歪んでしまった。それもこれも、まだ軛に囚われているから」

沙羅の言い分は決して荒唐無稽には思えない。あの日を境に、人生と、考え方と、生き方を狂わされた人間を少なからず見てきた。あの震災はそれほどまでに強大な暴力だったのだ。

「今なら、まだ間に合うかもしれない。お父さんも旦那も」

「貢は今どこにいる」

「分からないの」

一転、沙羅は面目なさそうに顔を歪める。

「捜査本部が視察先で待ち伏せしているのを聞いて、何も言わずに外出した」

「ベンツは沙羅が乗ってきたよな」

「軽《けい》がもう一台あるのよ。もっぱらわたしの買い物用だけど」

どうしてこんな単純なことに気づかなかったのかと我ながら呆れる。沙羅がベンツに乗って買い出しに行くなど、却って滑稽ではないか。裕福な家庭に育ちながらバランス感覚の取れた沙羅がそんな真似をするはずもなかった。

「車種とナンバーを教えてくれ」

沙羅から訊き出すと、蓮田は別動隊に連絡を入れ沙羅名義の軽自動車を捜索する手筈を整える。

「お願い、将ちゃん」

懇願を背中に浴びた蓮田は、振り向きもしないまま片手を挙げて応える。笘篠が中座してくれて助かった。あの男がいたら、貢を説得する言葉が制限される。

自分と貢にしか通じない言葉もあるのだ。


覆面パトカーを駆りながら、蓮田は貢の逃走先に頭を巡らせる。

仙台空港に直行して高飛びする可能性は真っ先に思いついた。急いで笘篠に連絡を取ると、空港に向かうことを快諾してくれた。

『森見貢を見つけたら必ず応援を待て。一人で何とかしようなんて考えるな』

不思議に切羽詰まった口調ではなく、むしろ定型文を諳《そら》んじるようだった。

次いで捜査本部の石動にも事情を報告する。無論、沙羅とのやり取りまで仔細には伝えない。妻から得た情報というだけで石動は納得した様子だった。

逃走を謀ったのは自らの容疑を認めるようなものだ。これから捜査本部がどう動くかは手に取るように分かる。主要な道路に検問を配置し、貢を県外に出すまいとするだろう。従って蓮田は県内で貢が立ち寄りそうな場所を潰していけばいい。

貢は議員秘書でもあり〈祝井建設〉の役員でもある。立場のある者は立ち寄る場所も限定される。議会と会社の主な関係者の許には捜査員が送られているはずだ。

残る可能性はどこか。

一瞬の後に思い出した。まだ捜査本部には上がっていない連絡先がある。蓮田はスマートフォンを取り出すと、相手は二コール目で出た。

『どうしたの、将ちゃん』

知歌の背後からクルマの走行音が聞こえる。どうやら出先らしい。

「最近、貢と会うか話すかしたか」

『ううん』

「もし連絡があったら、どこにいるか聞いておいてくれ。そして俺に教えろ」

『……何かあったの』

「俺の口からは言えない。聞きたきゃ沙羅に訊いてくれ」

それだけで事情を察したらしく、知歌は質問を重ねてはこなかった。

『警察の仕事なのね』

「そうだ。だけどそれだけじゃない」

発するのは偽善めいた言葉だと思った。

だが決して偽善ではない。

「あいつを救うためでもある」

『分かった』

「頼む」

知歌との電話を切った後、本部の石動からは断続的に連絡が入る。空港にも主要道路の検問にも、貢は未だに引っ掛かっていない。県議会のある県庁にも自宅にも後援会長の自宅にも立ち寄っていない。

蓮田自身も〈祝井建設〉と森見議員の自宅にクルマを向けたが、空振りに終わる。一足早く張っていた捜査員たちは、彼が一度も戻っていないと首を横に振った。

いったい、どこに消えた。

捜索を開始して数時間、そろそろ陽が落ちてきた。暗くなれば探す方は分が悪くなる。

考えろ。貢をよく知る自分なら、捜査本部より先に居所を察知できるはずだ。それすら後塵を拝して何が幼馴染みか。

様々な場所が浮かんでは消える。思い出の場所、ともに通った場所、既に地図から消失した場所。

やがて蓮田はたった一つ残った可能性に辿り着く。考えられる場所はもうそこしかない。

蓮田はその場所に向けてハンドルを切った。


現地に到着した蓮田は、クルマから降りて薄明かりを頼りに周囲を見渡す。

志津川地区八幡川《はちまんがわ》周辺。震災以前、ここには民家があり商店があり工場があった。人々の営みがあり、賑わいがあり、諍《いさか》いがあった。

だが今は防潮堤の建設が計画される、ただの更地だ。建物の基礎すら残っていない。瓦礫は全て撤去され、事情を全く知らぬ者が見れば、ここに集落があったことなど想像もしないだろう。『防潮堤建設予定地』の立て札の前に軽自動車が停めてある。沙羅の教えてくれたナンバーと一致していた。

石動に一報を入れてから海岸に降り立つ。

海からの風が直接全身に吹きつける。この季節の海は穏やかで風は湿り気を帯びている。海辺に沿って歩いていると、やがて彼方に人らしき輪郭を発見した。

小走りに駆け寄ると、相手もこちらに気づいて顔を向ける。

貢だった。

「やっと来たか」

蓮田が来ることを予測していたような物言いは、不快で少しくすぐったい。

「思い出すのに時間が掛かったか」

「お前が感傷的な人間だったことを思い出すのに時間が掛かった。場所ならナビなしで来られる。何度も来たからな」

元あった集落の中には前の〈祝井建設〉の工場兼自宅があった。今、二人が立っている場所がちょうどその跡地となる。

「どうして逃げた」

「視察先で警察が待ち伏せしているなんて聞けば、誰だって行きたくなくなる」

「疚《やま》しいことをしてなけりゃ物怖《ものお》じする必要もないだろ」

「警察は怖がられていると思っているのか。違う、嫌われてんだよ。お前だって嫌いなヤツに待ち伏せされたら避けるだろうが」

「先日、器物損壊の容疑で逮捕された〈シェイクハンド・キズナ〉の板台という男が、お前の指示で仮設住宅を破壊したという証言がある。話を聞きたい。本部まで同行を求める」

ほう、と貢は意外そうな顔を見せた。

「器物損壊の指示。そんな容疑か。もちろん別件逮捕なんだろうが」

「板台に指示した事実は否定しないのか」

「否定も肯定もしない。こんな場所で安上がりな仕事をするんじゃねえ」

「じゃあ、一緒に本部まで来てくれ」

「断ると言ったら」

「言わせるなよ」

しばらく睨み合った後、貢は疲れたような溜息を吐く。

「お前、地上げは悪だと思っているのか」

「置かれた状況とやり方による。現状、人の住んでいる建物を破壊するなんてヤクザのやり口だろうが」

「どうせ撤去の決まっている建物だ。破壊するのが早いか遅いかの違いでしかない」

「ここで喋っていても埒が明かない。どうしても来てもらうぞ」

話している最中、他の警察車両が続々と到着したようだった。

「何だ。お前が一人で同行するんじゃないのか」

「規則だ」

「お前の口から規則なんて言葉を聞くとはな」

やがて姿を現した笘篠とともに、蓮田は貢を捜査本部に同行していった。

2

石動に直訴した通り、貢への聴取は蓮田主導で行われた。普段は尋問役の笘篠が、今回は記録係に回っている。

対峙《たいじ》する貢は俯きもせず、真っ直ぐこちらを見つめている。ただしその視線からは温度がまるで感じられない。まるで爬虫類《はちゅうるい》のような目だと思った。

「お前が〈シェイクハンド・キズナ〉の春日井代表と繋がっているのは分かっている」

「繋がっているというのはどういう意味だ。こちらは提携や協賛なんかした憶えはない」

まさか名簿屋からの情報と明言することはできない。

「一緒にいるところが目撃されている」

「そんなことか。くだらん。俺は曲がりなりにも建設会社の役員だ。異業種の代表者と宴席を持つのは通常業務みたいなものだ。一緒に飲み食いした中には河北新報の主筆や世界を代表する電器メーカーの会長もいる。まさか、その中の一人だけをピックアップして『繋がっている』と強弁するつもりか」

「〈シェイクハンド・キズナ〉はマスコミやメーカーじゃない。ＮＰＯを気取っているが、ただの半グレ集団だ」

「ほう、そいつは知らなかった。何せ一度か二度会っただけだからな」

まずい。

最初から貢のペースで進んでいる。これでは本筋の殺人事件どころか、器物損壊への関与すら追及できない。

「〈シェイクハンド・キズナ〉の板台がしたことは時代遅れの地上げ屋と同じだ。吉野沢の再開発を目論んでいる〈祝井建設〉の思惑通りに動いていると言っても過言じゃない」

「思惑が一緒というだけで提携関係だと言うつもりか。そういうのをこじつけって言うんだ。宮城県警の取り調べはこじつけと見込み捜査で事件をでっち上げているのか」

「見込み捜査だと」

「見込み捜査でないというなら俺が、その春日井とやらに器物損壊を依頼した証拠を目の前に出してみせろ」

貢が挑発しているのは蓮田でなくても分かる。こちらが怒りに流されて破綻するのを狙っているのだ。

だが、相手を挑発する術ならこちらも心得ている。

「さっき、『どうせ撤去の決まっている建物だ。破壊するのが早いか遅いかの違いでしかない』とか言っていたな。要するに地上げの肯定か」

「スクラップ・アンド・ビルドは建設業者の存在理由だ」

「二代目が地上げ屋の肯定か。親父さんが聞いたら草葉の蔭でどう思うだろうな」

「親父のことをお前が口にするな」

途端に貢は険しい目をした。

蓮田の胸に微かな痛みが走る。だが続けない訳にはいかない。

「口にするさ。俺とお前じゃ父親に対する想いが真逆だ。俺は親父の仕事を嫌悪していたから警察官になった。だがお前は父親の遺志を継いで二代目になっている。俺はマスコミを罵倒しても罪悪感一つないが、お前は違うだろう。それとも親父さんは、住んでいる人間の生活を脅かしてまで地上げを進めるような悪党だったのか」

「親父を悪党呼ばわりするな。どんな人間だったのか、お前だって知っているはずだ」

「ほお。じゃあ悪党は義理の父親か」

矛先を替えられると、一瞬貢は戸惑ったようだった。

「再開発を計画通りに進めるため、仮設住宅の撤去を急がせたのは森見善之助の指示だったか」

「先生はそんな指示などしない」

「この期に及んで『先生』か。いったい、森見家の中でお前はどういう立ち位置なんだ」

「その程度の話、当然訊き込みしているだろう」

羞恥を感じさせない顔だが、蓮田には分かる。わずかに表情筋を強張らせているのは感情を抑え込んでいるせいだ。

「刑事風情には分からないだろうが、秘書は議員が自由な政治活動をするためには何だってやる。それこそスケジュール管理や身の回りの世話」

「加えて女遊びの見張り役。ついでに汚れ役か」

「何とでも言え。政治は清廉潔白だけじゃ理想を達成できない。多少は手を汚さなきゃならん」

「同情する」

「するな。刑事には分からない世界だと言った。門外漢に同情されるなんて不愉快でしかない」

「沙羅なら同情してもいいのか」

「何のことだ」

「親が長いこと政治家なのに、まともな感覚を持ち続けている。子どもの頃からそうだ。三人が突飛な行動をしようとすると、大抵沙羅が抑えてくれた。あいつ、口数が少ないくせに雰囲気で人を動かすんだよな」

「今度は沙羅の話で揺さぶるつもりか」

「揺さぶるのは俺じゃなくて沙羅だ。お前と森見議員の歪な関係を、彼女がいつまでものほほんと見過ごしているとでも思ったか」

「どういう意味だ」

「震災が奪ったのは家族や財産だけじゃない。生き延びた者の心の一部まで持っていっちまった」

「何も失わなかったヤツが偉そうに講釈を垂れるな」

「失ったさ」

「何をだ。言ってみろ」

「祝井貢、大原知歌、森見沙羅。兄弟同然に育ってきた幼馴染みを三人も失くした。十四年ぶりに会った三人は、震災以前とは別人だった」

「くだらん」

貢は腹立たしげに顔を背ける。

「沙羅はお前と森見議員の関係を案じている」

「他人の家の問題に首を突っ込むな」

「父親がその立場を利用して旦那に汚れ仕事をさせている。妻の立場でこれほど辛いことはないんじゃないのか」

「沙羅に、俺の仕事が理解できるか」

貢の口調に明らかな動揺が見てとれる。卑怯な手段かもしれないが、沙羅の話を持ち出したのは成功だったらしい。じわりと湧き起こる自己嫌悪を堪えながら、蓮田は尋問を続ける。途中で止めれば自制心が崩壊しそうな恐怖があった。

ちらりと横を見れば、笘篠は無表情でパソコンのキーを叩いている。今のところは制止の手も入っていないので、続行しろという無言の指示と受け止める。

「〈シェイクハンド・キズナ〉の板台が襲った仮設住宅には皆本という老人が一人で暮らしている。漁網工場を経営していたんだが、津波で自宅も工場も家族もみんな流された。あの老人に希望と呼べるものは何一つ残っていない。だから日がな一日、安酒を呑んでいるしかない。お前は、お前の義父はそういう老人から住処《すみか》まで奪おうとしたんだ」

「災害公営住宅に移転すれば、いいだけの話だ」

「今度の事件に関わって、住まいだけ替えればいい話じゃないのは耳にタコができるほど聞いた。一番熱心に説いていたのは知歌だったけどな」

「……今度は知歌まで持ち出すのか」

「知歌はケアサービスの職員だから県の復興事業計画や事業者の思惑より、被災者の安寧を優先させる。つまりお前とは逆の立場だ。しかも皆本老人の担当でもある。あの老人を迫害して少しも心は痛まないのか」

「つくづく卑怯な人間に成り下がったな、クソ刑事」

「勝手に何とでも言え。仮設住民をただ他所《よそ》に移したところでコミュニティ不在から孤独になるという話も聞き知っている。お前が拠り所にしている理屈はただの偽善だし、お前の仕事は哀れな老人の生きる場所を破壊しただけだ」

「断じて違うぞ、それは」

貢は腰を浮かしかけた。

「俺だって家族を亡くした身だ。あの爺さんには同情している。だから一刻も早く移転してもらおうと思って」

言葉は最後まで続かず、貢はしまったという顔をした。

「語るに落ちたな」

「……どこまでもむかつく野郎になったな」

「いったん口にしたんだ。お前と〈シェイクハンド・キズナ〉の関係をもう認めろ」

「勝手に調書を書いとけ。どうせ最後に署名押印させるんだろう」

「ああ、そうする。ただし署名押印まではまだまだ間がある」

ここまでは蓮田のポイントだ。貢が上手く誘導尋問に乗ってくれたお蔭で自白を引き出すことができた。

ただし〈シェイクハンド・キズナ〉の件は前哨戦《ぜんしょうせん》に過ぎない。本筋は掛川勇児の殺害動機を吐かせることだ。

正念場。

同情は禁物。友情は忘れろ。手前勝手な理屈だが、真実を吐かせて真っ当に裁きを受けさせるのが、貢にとって最良の更生と考えろ。

蓮田は更に気を引き締める。

「皆本老人ならびに仮設住民の窓口になっていたのが南三陸町役場建設課の掛川勇児さんだ。彼と面識があったか」

「もう別件か。少しは余裕を持ったらどうだ」

「面識があったかなかったかを尋ねている」

「先生の仮設住宅撤去の視察に同行して顔を見かけた程度だ。言葉も交わしていない。向こうだって俺の顔なんか憶えているものか」

「そうかな。掛川さんは仮説住民の相談窓口であると同時に、災害公営住宅への移転を推進させなければいけない立場だった」

「そうだ。目的が同じだから、俺には彼を殺す動機がない」

「表面上はな。しかし、掛川さんが仮説住民に寄り添ううちに、見切り発車めいた移転は彼らの不幸にしかならないと気づいたとしたら、その瞬間、彼はお前にとって邪魔者になる」

「本気で言っているのか」

別件の追及に移行してから、貢は冷静さを取り戻したように冷めた目でこちらを見返す。

「本気で言っているのなら、そのご都合主義を嗤ってやる。ブラフのつもりで言っているのなら、その浅知恵を嗤ってやる。第一、その掛川という男が変節したのを、どうやって俺が知るんだ」

「県議会議員の秘書と役場の職員なら、いつでも会合の機会はあるだろう」

「お前の推定に過ぎない。俺と掛川が会っている証拠をここに出してみろよ」

「掛川さんと一対一で会ったことはないのか」

「ない」

「殺していないのか」

「当たり前だ」

畳み掛けようとした次の瞬間、蓮田は最前から貢が上唇を舐めていることに気づいた。貢が嘘を吐く時の癖に間違いない。

では、どこの部分が虚偽なのか。

「嘘だ」

こちらの情報不足を気取られてはならない。蓮田は自信ありげな顔を拵えて貢を正面から見据える。

「さっきの言葉に付け加えておく。三人とも震災以降に人が変わったと言ったが、俺だって変わった。人の嘘を見抜けるようになったし、被害者と被害者遺族の無念を晴らすためなら冷酷に徹することも覚えた。お前が知っている昔ながらの『将ちゃん』じゃない。不正も不法も許さない警察官だ」

「カッコいいなあ、『将ちゃん』」

貢は殊更軽薄に囃《はや》し立てる。

「カッコいいついでに、俺が掛川を殺した証拠を見せてくれよ」

蓮田は反論を試みるが、すぐには論拠を見つけられない。こちらが相手の感情を逆撫でして突破口を開こうとしているのに対し、貢は徹底して証拠の不在を盾に逃げきるつもりらしい。

「いくら偉ぶったところで、お前は教師の詰問にビビりまくる『将ちゃん』のままさ」

昔話を持ち出されて、今度は蓮田が鼻白む番だった。知歌を苛めた相手に手痛いしっぺ返しを食らわせた直後、教師からしつこく関与を疑われてもきらきらする瞳で堂々と白を切ったような男だ。言葉の応酬なら蓮田など自分の足元にも及ばないと誇示するつもりか。

落ち着け。

蓮田は気づかれぬよう密かに深呼吸を一つする。これも貢の戦術だ。こちらが不利な状況であるのを絶えず自覚させ、心理的優位に立つ。劣勢に立たされた側は言わなくてもいいことを言い、焦ってはならない局面で焦り、遠からず墓穴を掘る。

ここまで尋問を続けると、こと心理戦においては貢に一日の長があるように思えてくる。蓮田が幾人もの容疑者を相手にしたのと同様、いやそれ以上に貢も海千山千の建設業者や政界人たちと渡り合ってきたはずなのだ。生まれついての交渉上手に知見が加われば、それこそ鬼に金棒ではないか。

「お前のスマホを預からせてもらう」

貢のスマートフォンには犯行当日に掛川と待ち合わせた経緯が記録されているはずだ。察しのいい貢なら、スマートフォンの話が出た時点で交信記録に考えが及ぶに違いない。

ただし警察が容疑者のスマートフォンを押収できるのは逮捕直後からだ。それまでは本人の了解を得て預かるかたちしか採れない。従って蓮田の要求は貢の反応を確認する手段に他ならない。

果たして貢はどんな反応を示すのか。蓮田と笘篠が見守る中、貢は二人を嘲笑うように天を仰いだ。

「確かスマホの類を押収できるのは逮捕されてからだよな」

やはり知っていたか。

「議員秘書の身だから、俺のスマホには公にできない情報、洩らせば特定の関係者に迷惑のかかる情報が満載だ。折角の申し出だが拒否させてもらう。もっとも中身を分析したところで空振りするのがオチだろうが」

「いやに自信たっぷりだな」

「幸か不幸か、先週に機種変更したばかりだ。その際、不必要な情報は全て消去した。従前のスマホも廃棄処分した」

思わず舌打ちしそうになった。機種変更でデータを移行する際、残す情報と消去する情報を取捨選択できる。むしろ機種変更はそれが目的だったに相違ない。

決め手が出せないまま貢を睨む。貢の方は余裕綽々《しゃくしゃく》といった風に泰然と構えている。このままでは形勢不利のまま貢に逃げられてしまう。

どうする。

焦燥が膨れ上がって限界値に近づいた時、笘篠が声を上げた。

「休憩時間だ」

意外にも貢がほっと安堵の表情を見せた。余裕があるようでも、貢なりに緊張していたらしい。

笘篠は蓮田を連れて取調室を出る。

「足元を見られているぞ」

何も否定できず、蓮田は俯くしかない。

「分かってます」

「スマホの件を突きつけて動揺を誘うのは悪くない手だったが、向こうが一枚上手だった。別の切り口を探らにゃならん」

それも分かっている。だが現状、当方が展開できるのは心理戦しかなく、それすらも有効打を思いつかない。

顧みれば、蓮田は貢に苦手意識があった。潜在的であったため気づきにくかったが、こうして対峙してみると如実になった。

廊下の壁に凭《もた》れて打開策を模索する。しかしどれだけ知恵を巡らせても、貢に一矢報いるような切り口は思いつけずにいる。

その時、笘篠のスマートフォンが着信を告げた。

「はい、笘篠」

相手の声を聴いていた笘篠の表情が奇妙に歪む。

「受付に予期せぬ来客が現れた。森見貢の容疑を晴らしたいんだそうだ」

咄嗟に頭に浮かんだのは沙羅の顔だった。

「森見沙羅ですか」

「いや。大原知歌さんだ」

3

何故、この局面で知歌が現れるのか。

予想外の展開にまごつく間もなく、蓮田は一階フロアに下りていく。

知歌は受付の傍で所在なげに立っていた。

「将ちゃん」

「何のつもりだ」

「もし貢くんから連絡があったら、どこにいるか聞いておいてくれ。そして俺に教えろって電話してきたでしょ」

「それでか。折角来てくれて悪いけど、もう必要じゃなくなった」

「貢くんを逮捕したのね」

「まだ逮捕した訳じゃない」

口が滑ってしまったが、知歌は聞き逃さなかった。

「『まだ』ということは遅かれ早かれ逮捕するつもりなのよね。そうじゃなきゃ話を聞くだけで警察に連れてくるはずがないもの」

「それが分かっていて、どうしてここに来たんだよ」

「忠告に来た。このままじゃ将ちゃんも貢くんも取り返しのつかないことになる」

知歌の顔が面前に迫ってくる。

「待てよ。色々と意味が分からん」

「貢くんは掛川さんを殺していないよ」

知歌の真剣な表情を見ているうちに思い出した。蓮田と貢の間が剣呑になりかけると、決まって知歌が仲裁に入ったのだ。

甘く懐かしい感覚に浸っている時ではない。蓮田は知歌の両肩を摑んで顔を遠ざける。

「事件解決の瀬戸際なんだ。いいか、この期に及んで俺と貢の間を取り持とうなんて考えるな。無意味だ」

「無意味なら、こんなところにのこのこやって来たりしないよ。二人の間を取り持とうなんて考えていない。ただ過ちを正したいだけ」

「貢を逮捕するのが過ちだと言うのか。嫌な言い方になるが警察は情実では動かないし止まりもしない」

「情実じゃないと言ったら」

これ以上、押し問答を続けても埒が明かない。そう思った時、懐のスマートフォンが着信を告げた。

「笘篠さん」

『どうした。何か手こずっているのか』

「来訪者とまだ話し中です」

『折角、警察本部までご足労いただいたんだ。フロアの隅なんかじゃなく、こっちに来てもらえ』

「でも、今は彼の取り調べ中ですよ」

『森見貢は俺が聴取する』

つまりは知歌から正式に事情聴取しろという指示だ。電話を切ってから、知歌に向き直る。

「場所を変える。取調室で、聴取内容は録音・録画されるぞ。それでもいいのか」

最初から覚悟していたらしく、知歌はいささかの躊躇も見せずに頷いた。それなら蓮田も腹を決めるしかない。

「ついてきてくれ」

知歌の事情聴取には別の捜査員が記録係として駆り出された。狭い部屋のパイプ椅子に座らされ、知歌はいかにも居心地悪そうだ。

今しも同じフロアの別室では笘篠が貢を尋問している。そう考えると胸がざらついた。

正式な聴取なので相手の氏名・年齢・住所・勤務先を確認しておく。記録係もいる手前省略できない手順だが、若干の気まずさを覚える。

「改めて訊く。貢は掛川さんを殺していないと言ったな。何か証拠でもあるのか」

「ある」

知歌は一拍の沈黙の後、こちらを正面から見据えた。

「掛川さんを殺したのは、わたし」

一瞬、頭の中が真っ白になる。続いて知歌が貢と付き合っていた過去を、微かな痛みとともに思い出した。

「あいつを庇っているのならやめとけ。まさか焼け木杭《ぼっくい》に火が付きでもしたのか」

「そんなんじゃない」

茶化されても、目の真剣さはいささかも揺るがない。蓮田は腹の底から不安が立ち上るのを感じた。

「警察はわたしのアリバイをちゃんと調べていないでしょ。八月十四日の夜、わたしは自宅にいなかったし〈友&愛〉の事務所にもいなかった。吉野沢の仮設住宅にいたの」

「皆本さんに呼び出されて看病していたと言っていたな。違うって言うのか」

「公営住宅への移転のことで掛川さんと決着をつけたかった。掛川さんは仮設住宅の窓口で住人の苦情を受け付けてくれていたけど、やっぱり役場の一員でしかなかった。苦情は聞くけれど、公営住宅への移転の方針には従っていた。住人たちには優しい顔を見せて、その実ゆっくりと懐柔しようとしていたの」

知歌の言葉に信憑性があるのは否定できない。証言に聞く掛川の人物像と本来の役目が矛盾せず両立する。

「毎日のように住人と接していると、皆本のおじいちゃんたちの信用をよそに移転計画を進めようとしている掛川さんの偽善者ぶりが本当に嫌だった。どうせ裏切ることが前提なら、夢なんか見せずに最初から強硬な態度できてくれた方がまだマシ。最低よ」

「ずっと彼と争っていたのか」

「向こうも仕事だから仕方ないとは言え、やり口がどうにも気に入らなかったのよ。皆本のおじいちゃんたちを騙《だま》すような真似はやめてくれとお願いしても、笑って誤魔化すだけでちっとも改めようとしない。それであの日、掛川さんが仮設住宅を訪問する時間を本人から確認した上で決着をつけに行った」

「それから」

「仮設住宅から少し離れた場所、住人に話し声が聞こえない場所で交渉を始めた。正直、何を言って何を言われたか全部は憶えていない。わたしも掛川さんも途中から興奮状態だったし……気が付いたら掛川さんが頭を血塗れにして倒れていた」

「お前が殺《や》ったのか」

「うん」

「どうやって」

「仮設住宅の裏手には建設機械と一緒に資材も置きっぱなしになっている。いつの間にかその中の角材を掛川さんの頭目がけて振り下ろしていた」

犯行に使われた凶器が角材状のものであることも非公開になっている。ここまで条件が合致すれば秘密の暴露に該当する。

聴取を続ければ続けるほど知歌の証言が確固たるものに固まっていく。蓮田は胸が潰れそうになる。

動機と方法とチャンスは状況に合致している。だが事件の表層を成す特殊事情が説明しきれていない。

「掛川さんを殺害した後はどうした」

蓮田は知歌を睨む。心理的な退路を断つつもりだった。

「死体は空き家から発見された。しかも犯人が脱出できない状況下でだ。どうやってそんな状況を作り出せたか説明してくれないか」

仮設住宅の天窓と採光窓を外し、屋根から死体を投げ入れる。知歌には到底無理な仕事だ。願わくば説明に困って偽証だったと白状してほしかった。

しかし知歌は眉一つ動かさずに供述を続ける。

「そんな回りくどい言い方しなくていいよ。要は、どうやってあの密室状態を作ったか訊きたいんでしょ。さすがにわたし一人の力でそんな工作はできなかったし、そもそも思いつきもしなかった。だから助けを求めたのよ」

「誰に」

「白々しい。貢くんに決まっているでしょ」

「どういう経緯で貢を巻き込んだ」

「〈祝井建設〉が仮設住民の移転を進めていたのは知っていたし、以前からわたしも貢くんに抗議していた。掛川さんを殺した直後、どうしていいか分からず、咄嗟に貢くんに連絡したの。彼はすぐに駆けつけてくれた」

「証拠はあるか」

「スマホに通話記録が残っている」

知歌は自分のスマートフォンを取り出し、何度かタップした後の画面を蓮田の面前に突き出した。

〈貢くん携帯　8月14日、20:10〉

蓮田はぐびりと唾を飲み込む。貢の運転するベンツが料亭の敷地を出たのが午後八時十五分。防犯カメラのタイムコードは〈20:15〉を指していた。知歌からの電話を受けた貢が現場に急行したと考えれば辻褄が合う。

「貢は共犯になるのを、あっさり承諾したのか」

「交換条件を持ち出された。犯行の隠蔽に力を貸すから、仮設住宅に残っている三世帯を早く移転させるよう説得しろって。〈祝井建設〉にとって、やっぱりあの三世帯は目の上のたん瘤《こぶ》だったからね。皆本のおじいちゃんたちには申し訳なかったけど、わたしも追い詰められていたから条件を呑んだ」

知歌は一瞬だけ悔しそうに顔を顰めてみせる。

「仮設住宅に到着した貢くんに事情を話した。すると貢くんはしばらく考えてから、『死体を密室の中に置いてしまえば、犯行を晦《くら》ませることができる』と提案した。それが空き家の天窓と採光窓を外して死体を中に投げ入れるトリック。これならわたしには犯行が不可能だし、第一トリックを見破れなければ犯行を立証することもできない。実際、貢くんの手際は鮮やかで、資材と一緒に置いてあった脚立を使って死体を屋根まで担ぎ上げ、天窓と採光窓を外して死体を中に投げ入れると、すぐ元通りにした。この間、三十分くらいしか掛からなかった。偽装を終えた貢くんは余分なことを何一つ言わず、すぐに取って返した。それが九時過ぎのこと」

料亭〈くにもと〉の駐車場にある防犯カメラが戻ってきた貢のベンツを捉えたのが午後九時二十二分だから、これも時間的に辻褄が合う。

「凶器に使用した角材はどうした」

「血の付いたところを拭い落として廃材の中に交ぜておいた。あれからもう何日も経っている。とっくに廃棄処理されているはずよ」

受け答えに澱《よど》みがない。想定問答集で練習でもしない限り、これほど冷静に供述するのは難しいだろう。

最悪だと思った。

知歌が殺人の主犯、隠蔽に手を貸した貢が従犯。選りに選って二人とも犯人だったとは冗談にしてもたちが悪い。

死体を投げ込んだだけだから、空き家に知歌と貢の毛髪や下足痕がなかったのも当然だ。現状のところ、二人を犯人と直接立証できる物的証拠は何もない。だが、自白は証拠の王様だ。物的証拠がなくても知歌の供述さえあれば、今すぐにでも二人を逮捕できる。

本来であれば一件落着と胸を撫で下ろすところだが、今回ばかりは勝手が違う。初恋の相手と幼馴染みに手錠を掛けなければならないのだ。

殺人罪の法定刑は、死刑または無期もしくは五年以上の懲役、従犯はそれらを減刑したものだ。

情状酌量があっても実刑は免れない。蓮田は知歌と貢に殺人容疑という汚名を着せて送検する役目を負うことになる。

尋問する側の蓮田が進退窮まる。供述を進めれば進めるほど逮捕の刻《とき》が迫ってくる。しかし尋問を止めてしまうのは自ら警察官の職業倫理に泥を塗ることになる。

ここからどう進める。

早く結論を出せ。

任務と私情の板挟みに煩悶《はんもん》していると、スマートフォンが鳴った。今度も笘篠からの呼び出しだった。

「はい、蓮田です」

『ご指名だ。森見貢がお前を戻せと騒いでいる』

笘篠の声はどこか気怠《けだる》げだった。

『大原知歌が出頭したことを教えた途端に態度を急変させた。お前が相手でない限り、もうひと言も喋らないと息巻いている。いったん戻れ』

主犯が出頭したことで、従犯である自分の犯行が露見すると察知したのだろうか。いずれにしても蓮田が戻らねば埒が明かない。

知歌を記録係の捜査員に委ね、笘篠の待つ取調室に取って返す。

蓮田が部屋に飛び込むと、笘篠は無言で席を譲った。貢はさっきまでと打って変わり、今にもこちらに飛び掛かってきそうな体だ。

席を替わる際、笘篠は耳打ちをしてきた。

「大原知歌の事情聴取は記録されているな」

「もちろんです」

「確認した上で引き継ぐ」

笘篠と入れ違いに新たな記録係の捜査員が入ってきた。これで事情聴取再開となる。

「知歌がどうして出頭した」

「さあな。お前と連絡がついたら知らせてくれと頼んでいた。そうしたら自分から出頭してきた」

「何を供述した」

「掛川さんを殺害したのは自分だそうだ」

「馬鹿な」

貢は吐き捨てるように言う。

「お前、まさか本気にしたんじゃあるまいな」

「供述は理路整然として何の矛盾もなかった。動機も方法も信憑性のあるもので、そもそも進んで自首してきたんだ。疑う点は何一つない」

蓮田は努めて冷徹さを装う。知歌が自供したことで揺さぶりをかければ、芋づる式に貢の供述を引き出せるかもしれなかった。

「知歌の動機は、あいつの性格を考えると納得できるものだった」

蓮田は知歌と掛川の間にあった確執を告げ、そして自分たちが貢に目を付けた理由を説明する。

「天窓と採光窓を短時間に且つ単独で取り外すか。慣れた手と専用の道具が要る。ふん。確かに建設作業の経験者でなきゃできない仕事だ。だが、それが俺である必要はない」

「だが、知歌はお前の発案したトリックで、実行したのもお前だと証言した。知歌の知り合いでお前以上に条件に合致する建設業者はいない」

「全部、状況証拠じゃないか」

「もう一つ。知歌のスマホには事件当日、お前と交信した記録が残っていた。お前はその交信の直後、料亭〈くにもと〉の駐車場からベンツを出している。ベンツのタイヤパターンは現場に残されたタイヤ痕と一致している。これをどう説明するつもりだ」

「それで俺を追い詰めたつもりか」

貢は尚も強気な態度を崩さない。わずかでも腰が引けると守りが弱くなるのを自覚しているから、限界まで踏ん張り続ける。昔から変わらない。

もうやめてくれ、と思う。知歌の供述がある以上、貢の従犯は明らかになっている。貢が自白してしまえば、この事件は終わる。捜査を進めるごとに蓮田の胸が締め付けられることも終わる。瘡蓋を剝がして露出した恋と友情も、再び記憶の底に沈んでいく。

「あの日、知歌から電話連絡があったのは確かだ。しかし、ただの世間話だった。俺が〈くにもと〉を出たのは事実だが、忘れ物を取りに事務所に戻っただけだ。仮設住宅にベンツのタイヤ痕が残っていたのは、事件以前に乗りつけた可能性だってある。俺が密室を作ったという直接の証拠があるのなら、今すぐここに出してみろ」

「白を切り続けていても身の潔白が証明される訳じゃない」

「やっていないことを証明するのは至難の業だ。悪魔の証明ってやつだ。そんな夜中に他人とつるんでいない限りアリバイも成立しない。俺は今まさに、冤罪《えんざい》が生まれる瞬間を目撃しているんだな」

「知歌がお前に頼ったことを誇りに思えないか」

「知歌はとんでもない誤解をしているのさ」

貢は不敵に笑う。だが、蓮田には余裕のない虚勢にも見える。

「あいつは俺が掛川を殺したと思い込んでいる。さっきお前が言ったように密室を作れる知識と腕があるからだ。だから自分が主犯だと名乗り出て、少しでも俺の罪を軽くしようと、意味のない供述をしている。第一、掛川はどんな凶器で殴られていたんだよ」

「角材状のものだ」

「考えてもみろ。知歌の細腕で角材を振り回せると思うのか。廃材にしたって最短一メートル半か二メートルはある代物だ。厚さ三十八ミリの国産杉なら二キロから三キロもある」

言われてみればその通りなので、蓮田は黙り込む。男ならともかく女の腕で角材を振り回し、男の頭部を一撃で粉砕するにはいささか無理がある。

「知歌が、どうしてお前を庇わなきゃならない。仮設住民の移転を少しでも延期させたい知歌と、推進させたいお前とは利益が相反する間柄のはずだ」

「昔、付き合っていたよしみだ。それに別れた理由も一方的に俺の都合だった。知歌にしてみれば今も未練たっぷりだろうな」

まさか高校時分の色恋沙汰を言い逃れに使うつもりか。

しかも、それは俺の胸にある瘡蓋を剝がして塩を塗り込む行為だ。

懸命に装っていた冷徹さに綻びが生じる。これを狙っての挑発だとしたら、やはり貢の方が狡《こう》猾《かつ》で交渉術に長《た》けている。

落ち着け。

ここで感情を表出させれば相手の思うつぼだ。

「知歌の勘違いで俺は殺人の共犯にされているが、それを証明する直接の証拠はない。そうだな。たとえば俺の指紋が付着した、凶器の角材でもあれば話は別だ。どうだ。そういう物的証拠があるか。あれば俺も供述内容を変えるかもしれんぞ」

「〈くにもと〉を出たのは忘れ物を取りに事務所に戻っただけと言ったな。いったい何を忘れた」

「名刺だ。アポがなくとも、先生がいつ誰と会うかも分からん。そんな時の備えにいつも名刺の十枚二十枚は持ち歩くんだが、あの日に限って忘れていることに気づいた。それで慌てて取りに戻った」

「証明してくれる者はいるか」

「まあ、あの時間帯だからいないな」

「〈くにもと〉から事務所までの間、防犯カメラに移動中のベンツが映っていなかったら、どう弁明するつもりだ」

貢は薄ら笑いを浮かべて黙っている。こちらが新たな証拠を見せる度に、のらりくらりと逃げるつもりなのだろう。やり口を知っているだけに歯痒くてならない。

頭の隅で計算する。現状、物的証拠がなくても状況証拠は揃っている。おまけに知歌の自白もある。今頃は笘篠が調書を作成している頃だ。それなら貢の自白がないままで二人を逮捕し、森見家なり〈祝井建設〉なりを家宅捜索すれば物的証拠の一つも見つけられるかもしれない。いずれにしても捜査が長引けば、貢に証拠隠滅の時間を与えてしまう羽目になりかねない。

尋問を続けるか否か逡巡している時だった。

いきなり取調室のドアが開かれ、笘篠が入ってきた。しかもその後ろには知歌が控えていた。

「笘篠さん」

「まだ事情聴取の最中なら幸いだった」

余裕綽々だった貢も、笘篠と知歌の姿を見るなり顔色を変えた。

「どうして知歌を連れてくるんですか」

「参考人のうち一人は主犯だと主張し、もう一人は主犯も従犯もないと容疑を否認している」

「よくあることじゃないですか」

「そうだ。だが今回の場合、二人が綿密な打ち合わせをした可能性は希薄だ。現に大原知歌さんのスマホで交信記録を確認したが、八月十四日の20:10以外に森見貢さんに連絡した形跡がない」

「スマホでなくても固定電話で連絡するなり、方法はいくらでもあるでしょう」

「機密を要する連絡に固定電話は不向きだ。第一、以後の連絡を隠すつもりなら八月十四日の交信記録も削除しているだろう」

蓮田は思わず小声になる。

「だったら余計に二人を一緒にするのはまずいですよ。殊に事情聴取の最中だと口裏を合わせられる惧れがあります」

「無論だ。しかし二人に同じ場所に立ってもらうのも、まるっきり無意味じゃない」

蓮田は笘篠の真意を測りかねて当惑する。見れば貢も知歌も同様に困惑顔をしている。

「聴取の場所を変えてみようと思う。時間や相手、そして場所を変えると案外人の気は変わるものだ」

「取調室から場所を移すと言うんですか。しかし録音・録画の設備が整った場所でなければ重要な証言が得られたとしても証拠として採用されにくくなります」

反論しながら蓮田は笘篠の顔色を窺う。堅実さと愚直さが身上の笘篠にはそぐわない言葉であり、何か目論んでいると考えた方がよさそうだ。

「既に課長の許可は取ってある。さあ、お二方。わたしたちと同行願います」

4

知歌と貢をパトカー二台に分乗させ、笘篠は自らハンドルを握る。蓮田は行き先も告げられず、ただ後部座席で知歌の隣に座っている。だが告げられずとも、通い慣れた道なので、笘篠の目指している場所は大方の見当がつく。見当がつくのは知歌も同様らしく、先刻から徐々に落ち着きをなくしている。

今更ながら蓮田は己の粗忽《そこつ》さに恥じ入る。知歌が出頭して供述を始めた時点で事件は終わるとばかり思い込んでいた。

早計だったのだ。

主犯が大原知歌、従犯が森見貢という決着には、まだ先があるらしい。知歌が落ち着きを失くしているのはおそらくそのせいだ。

やがて蓮田の視界に目的地が入ってきた。

事件の始点、吉野沢仮設住宅。

目的地については途中から見当がついていたが、予想外だったのは敷地内に数名の鑑識係がいたことだ。中には両角の顔も確認できる。

「笘篠さん、どうして両角さんたちが」

「森見貢の事情聴取が始まる直前、俺から鑑識を依頼しておいた。どうやら作業も終わりかけているみたいだな」

蓮田たちのパトカーが敷地内に進入して停まると、後続のパトカーもそれに倣った。降車した笘篠は両角の許に駆け寄る。

「出ましたか」

「出た。毛髪も採取したしルミノール反応も検出された。十中八九、あそこが犯行現場だろうな」

「恩に着ます」

「恩に着る前に教えろ。あの場所に目星を付けた根拠は何だ」

「ただの勘ですよ」

口ぶりからも嘘であるのは明らかだった。

「行くぞ」

笘篠は裏手に回り、一軒の仮設住宅へと入っていく。蓮田と知歌、そして貢がその後に従う。

家の中では、捜査員二人に挟まれた人物が歩行帯の上で肩を落としていた。彼らの周りを鑑識係が動き回っている。

知歌が駆け寄ろうとするが、二人の捜査員に制止されて手を伸ばしても指が届かない。

「刑事さん、これはいったいどういうことですか」

「理由はあなたが一番よく知っているんじゃありませんか。そう、森見貢さんよりも」

蓮田は訳が分からないまま貢を見る。貢もまた戸惑いを隠せないでいる。

「掛川勇児さんを殺害したのは、この人です」

笘篠が告げると、蓮田は声を上げそうになった。すんでのところで抑えたものの衝撃がなかなか収まらない。

驚いたのは貢も同じらしく、知歌と皆本老人を代わる代わる眺めて啞然《あぜん》としている。

「記録されていた大原知歌さんの供述と先刻の森見貢さんの供述を対比してみたんです。すると殺害状況の説明で二人の供述は一致するものの、ある一点で微妙に相違します。それは凶器とされる角材の扱い方についてです。まず森見貢さんは『考えてもみろ。知歌の細腕で角材を振り回せると思うのか』と話しました。一方、大原知歌さんは『角材を掛川さんの頭目がけて振り下ろしていた』と話しています。森見貢さんは元々建設業に従事していたので普段から角材を扱い慣れています。だからこそ『廃材にしたって最短一メートル半か二メートルはある代物だ。厚さ三十八ミリの国産杉なら二キロから三キロもある』という実体験に基づいた証言も出てくるのです」

蓮田は舌を巻く。同じ供述は自分も聞いているが、ここまで細部にまで拘ってはいなかった。

「一方、大原知歌さんは角材を振り下ろすという表現をしています。彼女が非力な女性であることを考慮すると少し奇妙です。重さ二キロから三キロもある角材を振り下ろして、成人男性の頭部を殴るというんですから。では、どうしてこんな表現になったのか。それは、いささか不自然であったとしても凶器が角材であると森見貢さんに信じ込ませなければならなかったからではないでしょうか。犯行現場で大原さんと森見さんが会ったという状況を考慮すると、彼女は森見さんに対してあたかも自分が犯人であると思わせ、助力を乞うたものと思われます。言い換えれば、実際に使用されたのは角材ではない別のものだったのではないでしょうか。つまり、本来の凶器は角材に似た別のものだった」

笘篠は静かに知歌を睨む。知歌は怯えるように唇を震わせている。

「では、何故彼女は本来使われなかった角材を凶器だと告げたのか。それは実際の凶器が、そのまま犯人を指し示す道具であったからです。彼女は実際には犯人ではなく、犯人を庇おうとして森見貢さんに虚偽の話をしただけなのです」

「笘篠さん」

蓮田は口の中が渇いていて上手く喋れない。

「知歌はこの人を庇おうとしたんですね」

蓮田は捜査員二人に挟まれた格好の皆本老人に目を向ける。皆本老人は誰とも目を合わせようとしない。

「大原知歌さんが、自ら泥を被ってでも護らなければならない人物。それは身寄りがなく、誰の助けも得られない皆本伊三郎さんでした」

「実際に使用された凶器は何だったんですか」

「あれを貸してください」

笘篠の言葉に呼応して、鑑識係の一人がビニール袋を携えてくる。中に入っているのは、形状が斧《おの》に似た木槌だ。

はっとした。

蓮田が笘篠とともに石巻港に赴いた際、漁師らしき男が漁網の手入れに四角い木槌を使っていたが、あれと同一のものだったのだ。

「この木槌は、漁網の手入れ以外にもブリキの工作やロープの加工時に叩いて柔らかくする道具です。頭部（叩く所）の材質には硬い樫《かし》を採用し、割れ防止のために蠟《ろう》が塗ってあります。長さ四十四センチ、頭部は十二センチ、重量約七百グラム。扱いやすく、そして殺傷能力も充分にあります」

木槌の頭部は直方体となっている。確かに殴打すれば、角材で殴ったものと同じ創口になると思える。おそらく笘篠は石巻港で漁網の手入れに使われていた木槌を見た時から、皆本老人に疑惑の目を向けていたのだろう。

「皆本のおじいちゃん、どうしてそんなものを取っておいたの。あれだけ捨てておくように言ったのに」

我慢できなくなったように知歌が責める。皆本老人は申し訳なさそうに、ますます身を縮込める。

「木槌の頭部には蠟が塗られているので、付着した血液さえ拭い取ればバレないと考えたのでしょうね」

「捨てるのが忍びなかったんだ」

初めて皆本老人が口を開いた。

「ヤバいのは分かっていた。でもよ、こいつは俺が漁網で生計を立てて家族を養っていた時の、たった一つ残った思い出の品なんだよ。とても捨てられねえよ」

「お察しします。しかしですね、どれだけ丁寧に血を拭き取っても痕跡は残り、ルミノール反応が検出されてしまうんです」

素面《しらふ》の皆本老人はこんなにも弱々しいのか。蓮田は胸が詰まる思いだった。

「あなたと掛川さんの間に何があったのか、お聞かせいただけますか」

「俺は酒ェ呑んでたんだ。そこに掛川さんがやってきて、いつものように公営住宅への移転を勧め始めた。それで俺が愚図っていると、民事調停だの強制執行するしかないだのと言い出した。俺も酔っていて自制できなくなっていたが、掛川さんの言い方にもえらく険があった。ついかっとなって、いつの間にかテレビ台に置いてあった木槌を握ってた。気が付いたら、掛川さんが頭から血ィ流して倒れていた」

「それからどうしました」

「どうしていいか分からなくなって、大原さんに連絡を入れた。すぐに来てくれたよ」

「待てよ」

納得がいかず、蓮田は知歌に問い掛けた。

「さっきお前のスマホで交信記録を見た時、その日は貢の前の記録がなかったぞ」

するとと知歌はポケットから二台の筐体《きょうたい》を取り出した。

「将ちゃんに見せたのはこっちのプライベート用。〈友&愛〉関係の受発信は支給されたスマホを使っているのよ」

「大原知歌さん。皆本さんから呼び出され、あなたは部屋の惨状を目にしたはずです。あなたの取った行動を教えてくれませんか」

慇懃《いんぎん》なれど、笞篠の言葉は有無を言わさぬ口調だった。追い詰められた知歌は訥々《とつとつ》と話し始めた。

「皆本のおじいちゃんからの電話は、とにかく来てくれという内容だったんです。来てみると掛川さんが頭を割られていて、もう息もしていなくて……わたし一人ではどうすることもできなくて、それで貢くんを呼んだんです」

「あなたは森見貢さんに、自分が犯人だと偽ったんですね」

「はい。わたしが犯人だと言えば必ず助けてくれると思ったからです。実際、貢くんは住人を公営住宅に移転するよう説得することを条件に、すぐ解決案を出してくれました」

「それが密室を作るアイデアだったんですね」

「この部屋で殺人が行われたことが知れれば、真っ先に疑われるのは家にいた人間ですから。密室を作ったのは犯行が不可能な状況を作り出す目的ともう一つ、本当の殺害現場がどこなのかを晦ませるのが目的なんだと貢くんから説明されました」

蓮田は己の洞察力のなさに笑い出したくなった。何が焼け木杭に火が付いただ。蓮田と貢がそう思い込んでいただけで、結局のところは知歌が貢の想いを利用していたに過ぎなかったのだ。貢も同じ心中なのか、知歌を眺めながら口を半開きにしている。まだ惚れられていると思っていた相手に、実は逆に利用されていたのだ。男にとってこれほど滑稽なことはあるまい。

哀れな男二人を無視して笘篠の問いは続く。

「そうまでして皆本さんを護ろうとしたのは何故だったのですか」

「わたし以外に助ける人間がいなかったからです」

知歌は怒ったように言う。

「家族も家も工場も何もかも失って、たった一つの拠り所だった仮設住宅まで追い出されようとしている。この上刑務所に放り込まれたら、刑期を終える前に死んでしまうと思ったんです」

知歌に代弁されたかたちの皆本老人は沈黙している。不甲斐ない話であっても、満更絵空事ではないからだろう。

今ここに立っているのは五人。騙された男が二人、騙されなかった男が一人。護られた男が一人。だが中心にいたのは一人の女だった。

「ははは」

突然、貢が笑い出した。

「傑作だな。いや、俺のことなんだが。本当に傑作だよ」

不謹慎とも思えるが、尚も貢はくすくすと笑い続ける。再会してから蓮田が初めて見る、快活だがどこか空虚な笑い方だった。

つられて蓮田も笑いそうになる。悔恨と自己憐憫と、照れ隠しの混ざった笑い方になりそうだった。

エピローグ

皆本伊三郎が殺人容疑で逮捕されて二週間ほど経過した頃、蓮田は単身吉野沢に赴いた。命令された訳でもなく請われた訳でもなかったが、足を向けずにはいられなかったのだ。

仮設住宅は既にかたちを失くしていた。全ての住宅はきれいさっぱり解体され、基礎部分とわずかな廃材を残しているだけだ。裏手に控えていた大小の建機も今は一台もない。

皆本老人が逮捕された後、渕上・柳沼の二家庭は相次いで移転していった。役場に抵抗するのに疲れたせいもあるが、やはり近隣住民が役場の担当者を殺していたという事実に居心地が悪くなったのだろう。

跡地には女が一人で佇《たたず》んでいた。

沙羅だった。

「よお」

蓮田が控え目に声を掛けると、沙羅はゆっくりとこちらに振り返った。

「そろそろ来る頃だと思ってた」

「県警に問い合わせでもしたのかよ」

「勘。わたし、そういうの得意だから」

では貢と知歌が共犯関係にあったことも勘づいていたのかと疑ったが、口にはしない。

「旦那を逮捕された恨み言を言うために待っていたのか」

「恨み言、ない訳じゃないわよ。保釈請求したけど却下されたし、もし裁判で禁錮刑以上の判決が下されたら刑を終えるまで立候補できない。お父さん、かんかんに怒って離縁させるとまで言い出したからね」

「あの親父さんなら言いそうだな。で、お前はどうするつもりだ」

「まさか。わたしは森見議員の後継者と結婚したんじゃなくて、幼馴染みの祝井貢と結婚したんだもの」

「貢が聞いたら泣くほど感動する」

「する訳ないじゃない、あの鉄面皮が。昨日も差し入れに行ったけど、ありがとうのひと言もなかった」

　皆本老人が自供した直後、知歌も貢も容疑を認め、そのまま逮捕・起訴と相成った。今は三人とも仙台拘置支所で初公判を待つ身だ。

「後ね、将ちゃんの情けない顔が見たかったの。あなたが萎《しお》れていてくれたら、少しは鬱憤が晴れそうだから。何しろ旦那をパクった張本人なんだもの。そのくらいの罰ゲームはありでしょ」

「どうして俺が萎れなきゃならない」

「知歌はあのおじいちゃんを護ろうとした。旦那は知歌を護ろうとした。わたしは森見家を護ろうとした。皆が皆、震災で大事なものを失ったから、今あるものを手放すまいとして一生懸命だった。将ちゃんは何を護ろうとしたの」

　蓮田は返事に窮する。

　自分がしたことは警察官としての仕事のみだ。三人と旧交を温め、あわよくばあの頃に戻りたい願望がなかったと言えば嘘になる。

しかし結局は二人に手錠を掛け、残った一人にも辛い思いをさせている。

「男の人って面白い。必ずと言っていいくらい未練のある場所に戻ってくるんだよね。だから将ちゃんもここに来ると予想していた」

沙羅の狙いは見事に的中していた。自分は果たせなかった願いと言葉にできなかった想いを鎮めるために、ここに来たのだ。

「容赦ないな」

「何も失くさなかった人が悲劇の主人公みたいな台詞を言わないでよ」

失くしたものがない訳じゃない。

自分は震災時にではなく、十四年前に失くしているのだ。

せめてひと言くらい愚痴を言わせてくれ。

「遂に貢とは仲直りできなかった。今度面会に行ったら、俺が残念がっていたと伝えてくれ」

すると沙羅は心底呆れたような声を上げた。

「将ちゃん、本気でそんなことを考えてたの」

「何がだよ」

「あのね、旦那が知歌を護ろうとしたのは焼け木杭に火が付いた訳でも、昔付き合っていた相手に変な義務感を抱いていた訳でもないの。将ちゃんが知歌を好きだったから。たった一人親友と呼べる人間が想いを寄せた相手だから護ろうとしたのよ。決まってるじゃない」

「……まさか」

「何年、わたしが旦那と暮らしていると思うの。それに比べて、将ちゃんは相変わらず鈍いんだから」

沙羅は清々したという顔で踵を返した。

「言いたいことがあるなら直接本人に言って」

沙羅が立ち去った後も、しばらく蓮田は立ち尽くしていた。

失くしていたというのは自分の勘違いだったのかもしれない。

思いもかけなかった喜びと、根強い疎外感が同時に湧き起こる。

やがて蓮田も仮設住宅跡に背を向けた。

町も、人と人との間も、完全な復興にはまだ時間がかかりそうだと思った。

この物語はフィクションであり、登場する人物、団体名、事象等は実在するものとは一切関係ありません。

初出　WEB「NHK出版 本がひらく」
二〇二一年九月～二〇二二年九月
単行本化にあたり、加筆・修正を行いました。

校正　鈴木由香
DTP　NOAH

中山七里

1961年生まれ、岐阜県出身。『さよならドビュッシー』にて第8回「このミステリーがすごい！」大賞で大賞を受賞し、2010年に作家デビュー。著書に、『境界線』『護られなかった者たちへ』『総理にされた男』（以上、NHK出版）、『絡新婦の糸―警視庁サイバー犯罪対策課―』（新潮社）、『こちら空港警察』（KADOKAWA）、『いまこそガーシュイン』（宝島社）、『能面刑事の死闘』（光文社）、『殺戮の狂詩曲』（講談社）ほか多数。

彷徨う者たち

二〇二四年一月二五日　第一刷発行
二〇二四年二月二五日　第二刷発行

著者　中山七里
発行者　松本浩司
発行所　NHK出版
〒一五〇-〇〇四二
東京都渋谷区宇田川町十-三
電話　〇五七〇-〇〇九-三二一（問い合わせ）
　　　〇五七〇-〇〇〇-三二一（注文）
ホームページ　https://www.nhk-book.co.jp
印刷　亨有堂印刷所／大熊整美堂
製本　ブックアート

ISBN978-4-14-005741-4　C0093